„BÜCHER SIND WIE FALLSCHIRME. SIE NÜTZEN UNS NICHTS, WENN WIR SIE NICHT ÖFFNEN."

Gröls Verlag

Redaktionelle Hinweise und Impressum

Das vorliegende Werk wurde zugunsten der Authentizität sehr zurückhaltend bearbeitet. So wurden etwa ursprüngliche Rechtschreibfehler *nicht* systematisch behoben, denn kleine Unvollkommenheiten machen das Buch – wie im Übrigen den Menschen – erst authentisch. Mitunter wurden jedoch zum Beispiel Absätze behutsam neu getrennt, um den Lesefluss zu erleichtern.

Um die Texte zu rekonstruieren, werden antiquarische Bücher von Lesegeräten gescannt und dann durch eine Software lesbar gemacht. Der so entstandene Text wird von Menschen gegengelesen und korrigiert – hierbei treten auch Fehler auf. Wenn Sie ebenfalls antiquarische Texte einreichen möchten, finden Sie weitere Informationen auf www.groels.de

Viel Freude bei der Lektüre wünscht Ihnen das Team des Gröls-Verlags.

Adressen

Verleger: Sophia Gröls, Im Borngrund 26, 61440 Oberursel

Externer Dienstleister für Distribution & Herstellung: BoD, In de Tarpen 42, 22848 Norderstedt

Unsere „Edition | Werke der Weltliteratur“ hat den Anspruch, eine der größten und vollständigsten Sammlungen klassischer Literatur in deutscher Sprache zu sein. Nach und nach versammeln wir hier nicht nur die „üblichen Verdächtigen“ von Goethe bis Schiller, sondern auch Kleinode der vergangenen Jahrhunderte, die – zu Unrecht – drohen, in Vergessenheit zu geraten. Wir kultivieren und kuratieren damit einen der wertvollsten Bereiche der abendländischen Kultur. Kleine Auswahl:

Francis Bacon • Neues Organon • **Balzac** • Glanz und Elend der Kurtisanen • **Joachim H. Campe** • Robinson der Jüngere • **Dante Alighieri** • Die Göttliche Komödie • **Daniel Defoe** • Robinson Crusoe • **Charles Dickens** • Oliver Twist • **Denis Diderot** • Jacques der Fatalist • **Fjodor Dostojewski** • Schuld und Sühne • **Arthur Conan Doyle** • Der Hund von Baskerville • **Marie von Ebner-Eschenbach** • Das Gemeindekind • **Elisabeth von Österreich** • Das Poetische Tagebuch • **Friedrich Engels** • Die Lage der arbeitenden Klasse • **Ludwig Feuerbach** • Das Wesen des Christentums • **Johann G. Fichte** • Reden an die deutsche Nation • **Fitzgerald** • Zärtlich ist die Nacht • **Flaubert** • Madame Bovary • **Gorch Fock** • Seefahrt ist not! • **Theodor Fontane** • Effi Briest • **Robert Musil** • Über die Dummheit • **Edgar Wallace** • Der Frosch mit der Maske • **Jakob Wassermann** • Der Fall Maurizius • **Oscar Wilde** • Das Bildnis des Dorian Grey • **Émile Zola** • Germinal • **Stefan Zweig** • Schachnovelle • **Hugo von Hofmannsthal** • Der Tor und der Tod • **Anton Tschechow** • Ein Heiratsantrag • **Arthur Schnitzler** • Reigen • **Friedrich Schiller** • Kabale und Liebe • **Nicolo Machiavelli** • Der Fürst • **Gotthold E. Lessing** • Nathan der Weise • **Augustinus** • Die Bekenntnisse des heiligen Augustinus • **Marcus Aurelius** • Selbstbetrachtungen • **Charles Baudelaire** • Die Blumen des Bösen • **Harriett Stowe** • Onkel Toms Hütte • **Walter Benjamin** • Deutsche Menschen • **Hugo Bettauer** • Die Stadt ohne Juden • **Lewis Caroll** • *und viele mehr….*

Else Wildhagen

Aus Trotzkopfs Ehe

„Onkel Heinz, Onkel Heinz," schallte es von hellen Kinderstimmen durcheinander, und ein Junge im Alter von zehn Jahren, nebst zwei kleinen Mädchen von acht und sieben Jahren, liefen einem Herrn entgegen, der die Thür zum Kinderzimmer in Gontraus Hause geöffnet hatte und hineinschaute. Sogleich wurde er von den dreien mit hellem Jubel umringt, der eine zerrte ihn hierhin, der andre dorthin; lachend versuchte er die Ungestümen abzuwehren, aber da klammerten sie sich noch fester an ihn, und er kam nicht los.

„Wollt ihr mich wohl loslassen, ihr Trabanten," rief er endlich; „wartet, ihr Kröten, ich werde euch kommen!"

Und er griff nach seinem Stocke. Da flogen sie kreischend auseinander; der Junge aber und das älteste der beiden Mädchen, ein dunkellockiges Kind mit blitzenden, braunen Augen, warfen sich an die Erde, und nun begann ein Raufen und Balgen, daß sie wie ein Knäuel umherkollerten.

„Aber Ruth, schäme dich, gleich stehst du auf!" gebot Ilse, welche in diesem Augenblicke mit Nellie ebenfalls hereingekommen war, und reichte dann Onkel Heinz die Hand, der inzwischen die kleine, blonde Marianne emporgehoben hatte, welche ihre Aermchen fest um seinen Hals schlang. Ruth aber, Gontraus wilde Aelteste, und ihr Freund Fritz, Rosis Junge, hatten sich hinter seinen Rücken geschlichen, ihn zupfend und neckend, und wenn er sich umdrehte und sie fortjagen wollte, liefen sie mit lautem Geschrei zurück. Das war ein Hauptspaß.

„Kinder, so seid doch endlich vernünftig," legte sich Nellie jetzt ins Mittel, denn Onkel Heinz, der sich mit den beiden Frauen unterhalten wollte, hatte keinen Augenblick Ruhe.

„Ja, nun hört endlich auf," gebot auch Ilse ernstlich, und ihr gehorchten die Uebermütigen. Dann wandte sie sich wieder an Onkel Heinz mit den Worten:

„Warum waren Sie in den letzten Tagen nicht bei uns, Herr Professor?“

„Ja, ja, das Arbeiten, das leidige Arbeiten, man kommt ja zu nichts,“ gab er zur Antwort.

„Onkel Heinz, Onkel Heinz, sieh mal!“ rief es nun schon wieder, und da stand Ruth in seinem Hut und Ueberzieher, die er beide auf einen Stuhl neben sich gelegt hatte. Das war etwas zum Totlachen für die Kinder, und bei dem komischen Anblick der kleinen Person in dem Hute bis über die Ohren und dem langen Rocke konnten auch die Großen nicht ernst bleiben. Natürlich ging's nun wieder an ein An- und Aufprobieren der Reihe nach, bis Ilse der Sache ein Ende machte.

„Nun ist's genug,“ sagte sie; „kommen Sie, lieber Professor, wir gehen in mein Zimmer.“

„Nein, Onkel Heinz, bleibe bei uns, bleibe bei uns!“ rief es von allen Seiten, und wie die Kletten hingen sich die Kleinen an ihn, zupften an seinem Barte, umklammerten seine Arme und hielten ihn daran fest, daß er nicht von der Stelle konnte.

Ruth war die Tollste, sie ruhte nicht eher, bis er am Boden lag. Im Nu warfen sich die Kinder über ihn her, ihn zwickend und kneifend. Das war ein Schreien, sie hatten alle hochrote Backen, und der arme Onkel konnte vor Lachen nicht dazu kommen, sie abzuwehren, bis er schließlich doch Gewalt gebrauchen mußte, und ein Machtwort von Frau Ilse ihn von der wilden Horde befreite. Selbst Marianne, die zarte, sanfte Kleine, wurde von der Ausgelassenheit mit angesteckt, ihr und den übrigen hingen die Haare wirr um den Kopf, und aus den lebensprühenden Kindergesichtern leuchtete die helle Freude über den gut gelungenen Spektakel.

„Ihr seid eine Gesellschaft,“ sagte Ilse kopfschüttelnd, aber solche Scenen waren ihr nichts Ungewohntes, wenn Onkel Heinz auf der Bildfläche erschien.

„O, wie haben die Kinder Sie zerzaust,“ meinte Nellie, als sie den Professor ansah.

„Ja, ja, Prügel müssen sie haben," rief er ihnen mit scheinbar bösem Gesichte zu, doch sie merkten, wie es gemeint war, sie sahen ja seine lustig zwinkernden Augen und wußten genau, so schaute er nicht aus, wenn er ernstlich böse war.

Und nun zog er sich seine Manschetten zurecht, die ihm bis auf die Hände gerutscht waren, rückte an seiner Brille und fuhr mit der Hand über sein kurzgeschorenes Haar, als wollte er fühlen, ob diese Stoppeln bei dem Kampfe nicht auch in Unordnung geraten wären, aber sie standen nach wie vor gerade in die Höhe, tadellos in Reih und Glied.

„Mutter, dürfen wir nicht mit euch gehen, bitte, bitte?" fragte Ruth, und die andern bettelten ebenfalls.

„Wir haben Onkel Heinz so lange nicht gesehen," quälte sie, als die Mutter keine Miene machte, ihre Bitte zu erfüllen.

„Da lassen Sie man die Kröten mitkommen," legte er sich nun auch ins Mittel, denn er konnte nicht gut sehen, daß seinem Patenkinde und Liebling Ruth etwas abgeschlagen wurde.

„Kinder, da müßt ihr aber auch ruhig und artig sein," gebot Nellie, ihnen damit schon ihre Erlaubnis erteilend, doch Ilse bestimmte energisch, daß sie in der Kinderstube bleiben sollten.

Ohne weiteres fügten sich Marianne und Fritz, aber Ruth zog ein arges Gesicht und gab sich erst dann zufrieden, als Onkel Heinz ihr verstohlen zuflüsterte, daß sie morgen zu ihm kommen und sich etwas Schönes holen solle.

Einige Minuten später saßen Ilse und Nellie mit dem Professor in dem großen Wohnzimmer in einer behaglichen Ecke im lebhaften Gespräche. Seitdem wir sie an ihrem Hochzeitstage verließen, hatte Ilse sich wenig verändert. Als sie jetzt leicht und schnell durch das Zimmer schritt, waren es noch ganz ihre alten Bewegungen; nur ihre Gestalt war etwas voller geworden, und die wilden Locken von einst wurden in einem Knoten gebändigt. Doch ganz waren sie nicht verschwunden; wo es ging, kamen sie hervor, kräuselten sich im Nacken, auf der Stirn und fielen über ihre reizenden kleinen Ohren, zum Aerger Leos, von dem es eine gewohnheitsmäßige Handbewegung war, sie fortzustreichen; denn er liebte es, ihr Ohr zu sehen, und behauptete, zum Gesichte gehöre auch das Ohr, ebenso gut wie die Nase, und es verlöre an charakteristischem Ausdruck, wenn das Ohr nicht zu sehen wäre. Die frischen Farben hatte Frau Ilse noch ebenso schön wie früher, aber die energisch geschwungene Linie der Oberlippe schien etwas weicher geworden zu sein; ja, es kam vor, daß ihr Ausdruck ein geradezu sanfter war, doch das durfte man ihr nicht sagen, denn „sanft“ und „dumm“ stellte sie in eine Reihe. „Eine sanfte Frau bin ich nun einmal nicht und werde es auch nie,“ meinte sie, wenn die Rede darauf kam, und da hatte sie auch recht.

Nur bei einem einzigen Wesen ließ sie „sanft“ ohne den wenig schmeichelhaften Zusatz gelten, und das war bei ihrer Herzensfreundin Nellie. Diese hatte in allen Lebenslagen nur durch Sanftmut geherrscht und gesiegt. An ihr waren die Jahre nicht so spurlos vorübergegangen wie an Ilse. Der alte Schelm in den Grübchen kam nicht mehr so oft zum Vorschein wie früher, dagegen hatten sich um die Mundwinkel einige scharfe Linien eingeprägt, die ihr leicht einen leidenden Zug gaben.

Seit einigen Jahren lebten die Freundinnen wieder an einem Orte zusammen, und vor nicht langer Zeit war auch Rosi hinzugekommen, die jetzt eine würdige Frau Superintendentin geworden war.

Althoff hatte als Direktor am städtischen Gymnasium Carriere gemacht und konnte sich sein Leben in jeder Beziehung angenehm gestalten. Aber leider machten ihm seine Nerven manchmal zu schaffen; er war leicht gereizt, und da er bei seiner Frau niemals auf Widerstand stieß, sondern immer die lebhafteste Teilnahme für die geringfügigste Klage fand, nahm er sich auch nicht im mindesten zusammen.

„Du verwöhnst deinen Mann zu sehr,“ bemerkte Ilse oft, aber Nellie sah das nicht ein. Warum sollte sie denn nicht alles für ihn thun? Kinder, für die sie hätte sorgen können, besaß sie zu ihrem größten Kummer nicht, sie mußte aber jemand haben, dessen Pflege sie sich ganz und gar hingab, das lag nun einmal in ihrer Natur. Zu Ilse kam sie fast täglich, spielte mit den Kindern oder holte sie zu sich, denn sie hingen mit der größten Liebe an ihr.

In der Dämmerstunde erschien auch häufig der Professor bei Gontraus, und meistens forderte Ilse sie beide auf, zum Thee dazubleiben. Althoff wurde dann geholt, d. h. Nellie holte ihn selbst, denn sie mußte ja erst sehen, ob er in der Stimmung war auszugehen oder nicht. Auch heute nötigte Ilse zum Bleiben.

„Es ist ein so köstlicher Abend, ihr bleibt hier," entschied sie und öffnete weit die Fenster, damit die milde Frühlingsluft hereinströmen konnte. Auf der äußersten Spitze des Birnbaumes draußen wiegte sich ein Starmätzchen und sang aus voller Kehle in klaren und flötenden Tönen, ähnlich denen der Nachtigall, nur weniger melancholisch. Die Dämmerung senkte sich jetzt wie ein leichter Schleier auf die frühlingslichte Natur, und am Horizonte erschien mattglänzend die silberne Mondsichel.

Der Professor hatte wie immer viele Ausflüchte, er habe keine Zeit, und zu Hause warte ein Haufen Arbeit auf ihn. Aber Ilse ließ nicht locker, sie kannte ihn, er ließ sich gerne zureden.

„Ach Gott, Sie haben auch immer zu thun," rief sie ungeduldig, denn sie wußte, daß er schließlich doch bleiben würde.

„Ja, Frau Gontrau, ich habe immer zu thun," wiederholte er mit einigem Nachdruck, „das ist auch recht gut."

„Aber heute kann man doch nicht hinter den staubigen Büchern sitzen! Sehen Sie doch nur hier diesen wonnigen Frühlingsabend, wie das duftet, wie die Vögel zwitschern, das ist ja alles viel schöner, als Ihr alter Bücherkram."

„Bücherkram? Wieso alter Bücherkram?" fragte er, die Worte „alter" und „Kram" besonders betonend, während er anfing die Spitze seines dunklen Kinnbartes zu drehen. Das aber war das sicherste Zeichen seines Unwillens, Ilse kannte es genau.

„Mit Bücherkram gebe ich mich nicht ab," fuhr er fort.

„Herrgott, Onkel Heinz, nun seien Sie nicht empfindlich, so habe ich das nicht gemeint. Aber Sie dürfen nicht immer arbeiten, Sie müssen doch auch mal ausruhen.“

„Ich weiß am besten, was ich thun muß,“ erwiderte er nicht gerade freundlich, doch Ilse ließ sich dadurch nicht einschüchtern, sie kannte seine Art.

In den sechs Jahren, so lange sie in L. wohnten, wo sich Gontrau als Dozent an der Universität niedergelassen hatte, nachdem er einige Jahre in B. als Assessor thätig gewesen war, kam der Professor Fuchs, oder Onkel Heinz, wie ihn die Kinder nannten, als häufigster Gast zu ihnen ins Haus. Er hatte sie bei ihrem Einzuge am Bahnhof in Empfang genommen, er hatte mitgeholfen die Wohnung einzurichten, und jeden Nagel, den Leo mühsam in die Wand geschlagen hatte, zog er wieder heraus, weil Leo das nämlich nach seiner Meinung absolut nicht verstand. Denn er behauptete, zuerst müßte mit dem Steinmeißel ein Loch geschlagen werden, da hinein käme ein Holzpflöckchen und dann erst der Nagel. Wenn das nun auch mit einer großen Umständlichkeit geschah, so hatte er wenigstens die Genugthuung, daß seine eingeschlagenen Nägel sich noch nicht von der Stelle gerührt hatten. Trotz aller Gelehrsamkeit war er eine praktischere Natur als Leo und ging Ilse mit Rat und That zur Hand, so daß sie schließlich bei vielen Dingen nicht ohne ihn fertig werden konnte. Aber sie kamen fast niemals zusammen, ohne einen kleinen Streit miteinander zu haben. Er hatte eine rechthaberische und spöttische Art, und wenn Ilse nicht gut auf ihn zu sprechen war, nannte sie ihn einen „wunderlichen alten Junggesellen“, obgleich er nur wenige Jahre älter als Leo war. Die beiden kannten sich noch von der Universität her, hatten in einem Hause zusammen gewohnt und sich trotz der Verschiedenheit der Charaktere doch immer gut verstanden. Das, was ihm in Ilses Herzen einen dauernden Platz verschaffte, war seine rührende Liebe zu den Kindern. „Sie sind meine beste Erholung,“ pflegte er zu sagen. Er ging mit ihnen spazieren, sie besuchten ihn, er zeigte ihnen Bilder, Marken, Schmetterlinge, er tollte mit ihnen und war ihr bester Freund. Ruth, sein

Liebling, durfte sich alles herausnehmen, dafür besaß er aber auch die ganze Zuneigung ihres Kinderherzens. –

Nellie hatte sich inzwischen erhoben, um nach Hause zu gehen und Fred selbst zu holen.

„Ich kann ja das Mädchen schicken," meinte Ilse, aber Nellie ließ das nicht zu.

„Ich weiß nicht recht, ob Fred, nicht noch zu thun hat heute abend, ich will deshalb lieber selbst gehen," antwortete sie ausweichend. Doch in Wirklichkeit arbeitete Althoff selten abends und war immer gern bereit, nach Gontraus zu kommen.

Als sich Nellie verabschiedete, schickte sich auch der Professor zum Gehen an.

„Sie bleiben auf jeden Fall," sagte Ilse, ihn zurückhaltend, und wies jeden Einwand, den er machen wollte, zurück.

„Wissen Sie was," rief sie plötzlich, „ich habe heute morgen Waldmeister gekauft, wir brauen uns eine kleine Bowle, die erste Maibowle in diesem Jahre, Onkel Heinz – können Sie da widerstehen?"

Er lachte.

Die gemütlichen Bowlen bei Gontraus kannte er zur Genüge. Die Geister, die ihnen entstiegen, waren nicht trübselig, es waren die des Frohsinns und der Heiterkeit, und Onkel Heinz konnte heiter, sogar ausgelassen sein, doch nur im intimsten Kreise. Fremde Menschen nannten ihn unzugänglich, ja unliebenswürdig, und ließen ihn bald als „komischen Kauz" ganz links liegen. Deshalb mied er auch die Menschen, und es kostete stets Kämpfe, ihn heranzuziehen, wenn eine größere Gesellschaft versammelt war.

Ilse hatte nicht umsonst die Maibowle als Lockmittel gebraucht, denn ohne langes Zaudern willigte der Professor nun ein, zu bleiben.

„Ja, dann bleibt mir wohl nichts andres übrig als dazubleiben," sagte er vergnügt, „aber die Bowle will ich selbst machen, Gontrau kann das nicht, er macht sie regelmäßig zu süß."

„Natürlich, natürlich," sagte Ilse, „doch dann müssen Sie mit in die Küche kommen, Onkel Heinz."

Er folgte ihr und traf nun in umständlichster Weise seine Vorbereitungen. Die Kinder hatten nur auf den Augenblick gewartet, daß Onkel Heinz draußen erschien, und jetzt waren sie wieder alle um ihn versammelt. Ruth hatte ihm eine große, weiße Küchenschürze umgebunden, Marianne kletterte auf einen Stuhl und beugte das Köpfchen tief über die Terrine, aus welcher schon der aromatische Duft der Maikräuter emporstieg, und Fritz fehlte natürlich auch nicht dabei. Endlich, nach vielem Probieren von Onkel Heinz, war die Bowle fertig und mit Kennermiene führte er noch einmal das Glas an den Mund – sie war gut geraten.

„Na, nun wollt ihr Kröten wohl auch schmecken?" fragte er.

„Ja! ja! bitte, Onkel Heinz!" riefen sie durcheinander, und zugleich wollten alle nach dem frisch gefüllten Glase greifen, das er hoch in der Luft hielt, damit sie es ihm nicht entreißen konnten.

„Herrgott, so wartet doch, einer nach dem andern, sonst kriegt ihr gar nichts!" Damit drängte er die verlangenden Kinderhände zurück, und der Reihe nach bekam jedes zu kosten.

Bei dem einen Glase blieb es natürlich nicht, Onkel Heinz füllte noch einige Male nach.

„Das schmeckt wohl, ja, das glaube ich," sagte er schmunzelnd und freute sich über den guten Zug des Jungen, der zu den schönsten Hoffnungen berechtigte.

„Aber, bester Professor, wie können Sie nur den Kindern so viel Bowle zu trinken geben," rief Ilse, als sie jetzt hinzukam und den kräftigen Schluck, den Fritz soeben aus dem vollen Glase that, bemerkte.

„Das schadet ihnen doch nichts," entgegnete Onkel Heinz.

„Ach natürlich, Kinder dürfen keinen Alkohol bekommen, der ist ihnen schädlich!“

„Schädlich? Dummes Zeug! Was soll ihnen dabei schädlich sein, wer sagt das?“

„Nun unser Arzt behauptet es,“ gab Ilse zur Antwort.

„Na ja, die Aerzte!“ fiel Onkel Heinz mit höhnischem Lachen ein; „wenn die so etwas behaupten, können Sie dreist das Gegenteil thun, denn meistens ist es nur Unsinn.“

Ilse ärgerte sich über seine absprechende Weise, aber sie schwieg dazu, ihre Laune war an diesem schönen Abend eine zu gute, und die wollte sie sich nicht verderben lassen; denn wenn sie mit dem Professor einmal über diesen Punkt in Streit geriet, wie schon so oft, blieb doch auf beiden Seiten eine kleine Mißstimmung zurück.

Und deshalb sagte sie nichts, schickte Fritz nach Hause und die Kinder zu Bett. Dem Quälen und Betteln von Ruth, ob sie nicht noch ein wenig aufbleiben könnte, setzte sie ein unerschütterliches „Nein“ entgegen.

Einige Zeit später saßen die Freunde bei der Bowle vergnügt zusammen, und Onkel Heinz heimste von allen Seiten das Lob über das gute Gelingen derselben ein. Im Zimmer wurde es schon ganz dämmerig, aber draußen war es noch hell und licht, ein wonniger Frühlingsabend. Jeder empfand in seiner Weise den Zauber desselben, einer oder der andre saß manchmal stumm und blickte durch das offene Fenster hinaus. In dem Birnbaume davor flötete jetzt eine Nachtigall ihr melancholisches Lied, und der Mond hob sich hellglänzend vom Himmel ab.

„Schatz, ist es nicht herrlich heute abend?“ fragte Leo und sah seine Ilse überglücklich an. Die Freude über das gemütliche Zusammensein blickte ihm so recht lebhaft aus den Augen. „Althoff, Sie trinken ja gar nicht, trinken Sie doch mal aus,“ mahnte er den Direktor, aber Nellie, die mit Argusaugen darüber wachte, daß Fred ja nicht zu viel trank, flüsterte ihm leise zu, daß er daran denken solle, wie leicht er nach solchem Getränke Kopfschmerzen bekäme.

Ilse hatte die leise Warnung gehört.

„Nellie, Nellie, immer mußt du mit deinem Manne tuscheln, das ist gar nicht erlaubt," rief sie mahnend und schenkte dem Direktor nochmals eigenhändig ein.

„O," sagte seine Frau mit einem ängstlichen Blick auf das frischgefüllte Glas, aber da nahm sie schon wieder eine andre Sorge um Fred in Anspruch. Er saß so nahe am Fenster, ein leichtes Zusammenziehen seiner Schultern hielt sie für Frösteln, und besorgt fragte sie, ob er nicht lieber den Platz mit ihr wechseln wolle, es käme gerade, wo er säße, ein kühler Luftzug herein.

Leo sprang dienstbereit auf, das Fenster zu schließen, Althoff und der Professor aber waren entschieden dagegen, letzterer mit einer spöttischen Bemerkung, gegen die niemand etwas sagte. Man kannte ihn ja!

„Nein, nein, kein Licht, Marie," rief Ilse, als das Mädchen jetzt die Lampe hereinbrachte und sich der bläuliche Mondesschimmer mit dem gelblichen Scheine unschön vermischte.

Jetzt so in der duftigen Helle da draußen hinzuwandern, in die frühlingsfrische Nacht hinein, den Berg hinauf, durch den lichten Wald, immer weiter, weiter, dem matten Glanze folgend, einsam, still, unbelauscht zu sein, ganz in der göttlichen Natur, o das wäre eine Wonne! So dachte Ilse in diesem Augenblicke, und der Zauber dieses Gedankens verfolgte sie fortwährend. Sie hörte nur mit halbem Ohre hin, als Althoff von der neuesten Unerhörtheit eines Primaners erzählte, über dessen Haupte die Entlassung aus der Schule schwebte, und Onkel Heinz seine Ansicht über Pädagogik, die von der des Direktors sehr abweichend war, kundgab. Sie empfand eine Sehnsucht hinaus, einen Drang, etwas Besonderes zu unternehmen, wie man ihn fühlt, wenn die Begeisterung dem Menschen Flügel zu verleihen scheint, sich über das Alltägliche zu erheben. In solcher Stimmung war Frau Ilse, und während Leo und Nellie glaubten, daß sie gleich ihnen den immer lebhafter gewordenen Streit zwischen dem Direktor und dem Professor verfolgte, entspann sich in ihrem Gehirn ein abenteuerlicher Plan.

„Kinder," rief sie plötzlich laut und erregt, „ich habe eine Idee!"

Onkel Heinz war gerade dabei, dem Direktor lang und breit auseinanderzusetzen, inwiefern der Unterricht für die Kinder ein andrer werden müsse, als Ilse mit ihrem Ausrufe hineinplatzte und alles Interesse sich ihr zuwandte.

„Darling, was hast du für eine Idee?" fragte Nellie.

„Famos, famos!" jubelte Ilse. „Aber ihr müßt mir versprechen, daß ihr nicht Nein sagt, wollt ihr das?"

„Da könnten wir ja schön reinfallen," sagte Onkel Heinz, und Leo lachte: „Ja, Schatz, für so unvorsichtig wirst du uns doch nicht halten."

„Also hört," fuhr Ilse fort, „in vier Tagen haben wir Vollmond –"

„In fünf Tagen," verbesserte der Professor ruhig.

„Nein in vier, ich habe noch heute im Kalender nachgesehen; überhaupt, Onkel Heinz, unterbrechen Sie mich nicht. Also in vier Tagen haben wir Vollmond, was meint ihr dazu, wenn wir eine Partie auf den Schneekopf machten, aber in der Nacht. Denkt euch doch nur – im Mondenscheine, wie poetisch, wie romantisch!"

Man war solche Einfälle von Ilse gewöhnt, aber doch erregte dieser plötzliche Vorschlag ein Hin und Wider. Man erhob allerlei Einwände, der Weg sei zu weit, zu beschwerlich, die Idee zu abenteuerlich, um ausführbar zu sein, aber Ilse wußte auf alle Bedenken einen Ausweg, sie malte ihnen in den glühendsten Farben aus, wie schön es sein würde, bis sie schließlich mit ihrer Begeisterung ansteckend wirkte.

Leo war innerlich schon ganz bereit, er fand die Idee seiner kleinen Frau außerordentlich verständig und ließ deshalb die andern soviel reden, wie sie wollten. Stillschweigend holte er die Karte und das Kursbuch aus seinem Zimmer, und ohne die Zustimmung eines jeden abzuwarten, wurde der Plan entworfen. Nellie hegte doch einige Bedenken, ob ihrem Fred der nächtliche Weg gut bekommen würde, aber sie wollte nicht widersprechen, als sie merkte, daß er bereit war, teilzunehmen, eine Ausspannung würde ihm ja auch sehr gut sein.

So war man denn bald im besten Zuge und ging schon auf die Einzelheiten der Partie über, die am nächsten Sonnabend und Sonntag stattfinden sollte, als Onkel Heinz plötzlich damit herausrückte, daß er nicht mitgehen würde, er habe zu arbeiten, er könne sich nicht losmachen. Da brach aber ein wahrer Sturm über sein Haupt los!

„Ach, Heinz, nun mach keine Geschichten, du gehst auf jeden Fall mit," sagte Leo kategorisch, denn er wußte genau, daß er es schließlich doch that.

„Was mache ich denn für Geschichten, Gontrau," erwiderte Onkel Heinz mit einigem Nachdruck, „was soll das heißen, Geschichten machen? Ich habe eben zu thun und kann deshalb nicht mit. Was habt ihr denn überhaupt davon, ob ich mitgehe oder nicht!"

„Natürlich haben wir etwas davon," sagte Ilse lustig herausfordernd, „ich hätte ja sonst niemand, den ich ärgern könnte."

„Ja, da haben Sie recht," gab er zur Antwort, und der Ton, mit dem er das sagte, hatte fast eine wehmütige Färbung.

„Deshalb keine Feindschaft, Onkel Heinz," lachte Ilse und erhob ihr Glas, um mit ihm anzustoßen, denn sie hatte gemerkt, daß ihn ihre Neckerei empfindlich berührte. „Und nicht wahr, Sie gehen mit?" Dem liebenswürdigen Blicke, mit dem Ilse ihre Frage begleitete, konnte er nicht widerstehen.

„Ja, dann kann ich wohl nicht anders," sagte er befriedigt.

Es war spät geworden, als sich die Freunde trennten, denn über die bevorstehende Partie gab es noch eine Menge zu beraten und zu überlegen. Zum Schluß kam Ilse noch auf die Idee, Rosi mit ihrem Manne auch aufzufordern.

„Dann bleibe ich doch lieber zu Hause," sagte Onkel Heinz, denn die Pastorin war nicht seine beste Freundin.

„Aber glaubst du denn, daß die mitgehen?" lachte Leo. Er hatte längst erkannt, daß Ilse nur hören wollte, was Rosi, die ehrwürdige

Superintendentin, zu ihrem phantastischen Plane sagen würde. Und so war es auch!

*

In dem hübschen Pfarrhause, das der Kirche gegenüber lag, saß Frau Rosi auf ihrem erhöhten Platze am Fenster. Vor ihr stand ein großer Korb mit Strümpfen; einen davon hatte sie gerade über die Hand gezogen, und eifrig flog die Nadel auf und nieder. Sie war noch immer die alte Rosi! Moden und Neuerungen gingen an ihr ziemlich spurlos vorüber, sie war eins von den Menschenkindern, die niemals jung aussehen, und bei denen man schon als Kind ganz genau wissen konnte, wie sie mit 40 Jahren sein würden. Alles trug bei der Superintendentin einen konservativen Anstrich; sie war kein Kind ihrer Zeit, sie hielt jeden Fortschritt für sündhaft und wies ihn mit den Worten zurück: „Wir sind so lange ohne das fertig geworden, daß wir es jetzt auch entbehren können.“ Wenn es nach ihr ging, hörte alles Streben auf. Jetzt, wie sie so da saß, tadellos und gerade, wie wir sie kennen, machte sie nicht den Eindruck, als ob sie eine Altersgenossin von den Freundinnen wäre.

In dem Zimmer waren die Möbel in Reihe und Glied geordnet, vor dem roten Plüschsofa stand der Tisch mit einer ebensolchen Plüschdecke, und vier Plüschsessel umgaben ihn steif und langweilig. Alles war gut und gediegen, aber man suchte unwillkürlich, ob nicht irgend etwas den individuellen Geschmack der Bewohnerin verriete, etwa eine Besonderheit in der Ausschmückung der Räume, irgend eine Liebhaberei, eine Geschmacksrichtung in den Bildern an der Wand – nichts dergleichen. Wie eine drückende Atmosphäre lag es über dem Ganzen, und feinfühlende Seelen würden in diesem Zimmer eine Art Niedergeschlagenheit empfunden haben. Pflanzen standen nicht am Fenster, Rosi hatte, wie sie behauptete, zuviel mit der Pflege ihrer Kinder und mit dem Haushalte zu thun, um auch für diese Lebewesen noch sorgen zu können. Aber an gestickten und gehäkelten Gegenständen war das Zimmer reich, gestickte Sprüche an den Wänden, gestickte Kissen auf dem Sopha, auf den Stühlen und an der Erde. Der Ofenschirm zeigte ein gesticktes Ritterfräulein auf grünem Grunde, gehäkelte Decken lagen überall, wo es nur irgend möglich war, gestickt war natürlich auch die über die Kanne gezogene Kaffeemütze, kurz überall, wohin das Auge blickte, sah man die Spuren stickender, strickender, häkelnder Hände, wodurch dem Ganzen der Stempel des Philiströsen aufgedrückt wurde. Wie viele Tanten und Basen waren auch zu Weihnachten für die Pastorin thätig! Der Geschmack kam dabei nicht in Betracht, nur selbstgearbeitet mußte es sein, darauf legte Rosi den größten Wert. Sie selbst war in der Weihnachtszeit von einem unheimlichen Fleiße, sie nähte vom Morgen bis zum Abende für jeden etwas und wäre es auch noch so unnütz. Nach dem Buche war Rosi eine Musterfrau, und was ihr der Neid lassen mußte, sie sorgte auch für andre mit vieler Umsicht, sie besuchte die Kranken und brachte ihnen Stärkendes; sie war auch in allen wohlthätigen Vereinen. Ob alles dieses aber aus tiefinnerstem Drange geschah, oder nur aus Pflichtgefühl, das war zweifelhaft. Sie sprach soviel von Pflicht, sie führte das Wort immer im Munde. Auch jetzt schien sie von ihrem Pflichtgefühle beseelt zu sein, denn ein Strumpf nach dem andern wurde vorgenommen, und ohne Unterbrechung ging das so fort. Sie hob kaum den Kopf und hatte keinen Blick für die warme Frühlingssonne draußen, die neugierig zu ihr hereinsah, in hellen Strahlen auf dem Fußboden spielte, und sich sogar an die Plüschsessel wagte, so daß deren stumpfes Rot feurig aufleuchtete. Jetzt wurde die Thür aufgerissen und Fritz stürmte ins Zimmer. Rosi drehte sich unwirsch herum.

„Du sollst nicht immer so laut hereinkommen," sagte sie ärgerlich; „wie oft habe ich dir das schon gesagt, Fritz!"

Fritz, aus dessen blauen Augen noch eben die volle Lust gestrahlt hatte, legte jetzt seine Mappe und Mütze still auf den Stuhl und trat zur Mutter, die ihm ihre Wange zum Kusse reichte. Dann arbeitete sie weiter.

„Nun, wie war es, konntest du deine Sachen?"

„Ja, Mutter, alles."

„Wie viele Fehler hast du im Extemporale?"

Kleinlaut flüsterte er: „Sieben."

Jetzt ließ sie die Hand mit dem Strumpfe in den Schoß fallen und sah ihn an.

„Siehst du, das kommt davon, wenn man bis in die sinkende Nacht fortbleibt und nicht an das Arbeiten denkt.“

„Es war so schön bei Tante Ilse,“ warf Fritz ein.

„Und da konntest du dich nicht trennen, wie gewöhnlich,“ unterbrach ihn die Mutter mit vielsagendem Blick. „Aber erst kommt die Pflicht, dann das Vergnügen,“ fuhr sie fort; „es ist schrecklich, daß du so leichtsinnig bist, immer diese vielen Fehler!“

Fritz sah bei dieser Strafrede ganz betrübt vor sich nieder und dachte darüber nach, ob es denn wirklich so schlimm sei, lieber in der herrlichen Frühlingsluft draußen zu spielen, als über den langweiligen Büchern zu sitzen.

„Nun trage nur deine Sachen fort und setze dich an den Tisch, wir trinken gleich Kaffee.“

Fritz gehorchte. In der Thüre begegnete ihm ein kleines Mädchen von acht Jahren, seine Schwester. Ihre Aehnlichkeit mit der Mutter war unverkennbar, vielleicht war sie auch deshalb deren Liebling.

„Guten Tag, Mama,“ sagte sie und umarmte diese so steif und abgemessen, als wären auch Liebkosungen eine Pflicht, als hätte ihr Rosi gesagt, ein Kind umarmt seine Mutter, weil sich das so gehört. Aber dennoch war die Begrüßung mit der Tochter eine weit wärmere, als mit Fritz. Rosi strich ihr über den glatten, blonden Scheitel und band eine Schleife fest, die sich an einem der kurzen Zöpfchen gelockert hatte.

„Bist du auch schon da, Elisabeth?“ fragte sie zärtlich; „zeige mal, wie viel hast du denn in der Handarbeitsstunde gestrickt?“

Die Kleine zog einen langen Strumpf hervor und zeigte der Mutter, wie viel sie heute daran gearbeitet hatte.

„Du bist ja ganz fleißig gewesen,“ sagte Frau Rosi, und ein stolzer Blick glitt über sie hin. „Jetzt geh und rufe den Vater zum Kaffee.“

Nun legte auch die Superintendentin ihre Arbeit beiseite und ging an den Kaffeetisch, wo sie die Kanne von der wärmenden Hülle befreite. Währenddem öffnete sich die Thür lautlos, und lautlos näherte sich dem Tische eine hagere, alte Frauengestalt in einem schwarzen Kleide.

„Ach, du bist es, Tante Emilie," sagte Rosi und schrak ein wenig zusammen, als sie dicht neben sich plötzlich den dunklen Schatten bemerkte.

„Nun, bist du schon zurück, ist die Sitzung vom Frauenverein vorbei?" fragte sie freundlich.

Tante Emilie bejahte und setzte sich nieder. Stillschweigend zog sie einen großen grauen Strumpf aus der Tasche, und gleich darauf fingen die Nadeln an zu klappern.

„Du bist aber auch immer fleißig, Tante," sagte Rosi, und über das faltenreiche Gesicht der Angeredeten glitt ein Lächeln der Befriedigung bei diesen Worten. Sie war eine Schwester von Rosis verstorbener Mutter und lebte seit einigen Jahren ganz bei ihrer Nichte, in deren Augen sie als Muster galt, denn bei allen wohlthätigen Vereinen saß sie mit im Vorstande. Dem Pastor war der stumme, strickende Gast an seinem Tische keine angenehme Zugabe, und auch heute, als er eintrat, traf sie kein allzu freundlicher Blick. Rosis Mann hatte sich wenig verändert, es war noch dasselbe gutmütige Gesicht mit den blauen Augen, die Fritz von ihm geerbt hatte. Nur blickten die seinigen kecker und selbstbewußter in die Welt, Lebenslust und Freudigkeit leuchteten daraus hervor, zum heimlichen Kummer von Rosi, die immer Leichtsinn dahinter witterte. Auch jetzt konnte sie gar nicht begreifen, daß der Junge ungeduldig auf dem Stuhle herumrutschte; ach, draußen warteten ja schon die Freunde auf ihn.

„Kannst du denn gar nicht ruhig sitzen, Fritz?" bemerkte Rosi, indem sie den Kaffee einschenkte. „Adolf, du mußt wirklich mal streng gegen den Jungen sein. Und wie ißt er nun wieder! So iß doch nur langsam."

Sie schüttelte unmutig den Kopf und reichte ihrem Manne die Tasse.

„Liebe Rosi, wollen wir nachher mit den Kindern einen Spaziergang machen?“ fragte der Pastor; „es ist so herrlich draußen.“

„Nein, nein, das geht nicht,“ erwiderte sie. „Fritz muß arbeiten, er hat wieder sieben Fehler im Extemporale. Sieben Fehler,“ wiederholte sie noch einmal eindringlich ihrem Manne, als sie sah, daß ihn diese Nachricht nicht aus der Fassung brachte, und gab ihm unter dem Tische einen kleinen Stoß, damit er etwas sagen solle.

„Ja, Fritz,“ begann der Pastor, indem er sich räusperte, – er that dies immer, wenn er zu einer ernsten Rede den Anlauf nahm, – „wie kommt denn das?“

„Ach, Vater, das Lateinische macht mir einmal kein Vergnügen,“ antwortete der Junge offen.

„Siehst du, da hörst du's ja, Adolf,“ fuhr Rosi auf, „aus Fritz wird nie etwas werden.“

„Nun, nun,“ lenkte Adolf ein, denn er sah, wie dem Kinde bei diesen Worten das Blut ins Gesicht stieg, „das wollen wir nicht hoffen.“ Und er strich ihm beruhigend über das blonde Haar.

Rosi schüttelte den Kopf. Wollte denn ihr Mann gar nicht begreifen, daß Fritz streng behandelt werden mußte? In ihren Gedanken stand es fest, daß aus ihm nichts würde. Wenn sie dagegen Elisabeth nahm, das war ein braves Kind, kaum daß sie ermahnt zu werden brauchte, der lag das Pflichtgefühl im Blute. Wie manierlich und bescheiden sie am Tische saß und ihr Brötchen verzehrte; Fritz dagegen konnte überhaupt keinen Augenblick still sitzen. Doch es war auch keine Kleinigkeit für ihn, hier in der Stube zu hocken. Die Sonnenstrahlen wurden immer zudringlicher, sie krochen an ihm herauf, schienen ihm jetzt voll ins Gesicht, gerade als ob sie ihn ärgern wollten; blinzelnd wich er ihnen aus. Mutter Rosi aber war unerbittlich streng, die Kaffeezeit durfte nicht abgekürzt werden. Was empfand sie von einem Kinderherzen, das sich nach dem Schulzwange in die wundervolle Freiheit sehnte? Endlich gab sie das Zeichen zum Aufbruche, Elisabeth holte das Präsentierbrett und räumte die Tassen zusammen, Fritz schlüpfte schnell hinaus.

„Gar kein Ernst steckt in dem Jungen," begann Rosi das Thema wieder, unbekümmert um Elisabeths Gegenwart, die sich im Vollgefühl ihrer Tadellosigkeit sonnte; sie wußte genau, daß sie viel besser war als der Bruder, die Mutter hatte es ihr ja oft genug gesagt.

„Du solltest nicht zu streng sein, Rosi," beschwichtigte der Superintendent; „wenn du so viel tadelst, untergräbst du sein Ehrgefühl. Ich war auch kein Held in der Schule, und es ist doch etwas aus mir geworden."

„Du nimmst Fritz doch stets in Schutz, es ist merkwürdig; tadle ich ihn wohl zu viel, Tante Emilie?" fragte Rosi diese erregt.

Tante Emilies rote Nasenspitze hob sich ein wenig und das „Nein", das sie hervorbrachte, klang so dumpf, als käme es unter dem Tische hervor. Aber das Gespräch fing an, sie zu interessieren, denn wenn sie den grauen Faden um den Finger legte und dabei etwas länger zögerte wie gewöhnlich, so war dies ein Beweis, daß ihre Teilnahme auch noch von andrer Seite in Anspruch genommen war. Ebenso interessierte Elisabeth die Unterhaltung der Eltern aufs höchste, denn auch sie hielt in ihrem Eifer, mit welchem sie das Geschirr abzuräumen begann, inne und hörte andächtig zu.

„Elisabeth, mache, daß du fertig wirst, geh dann hinaus und spiele mit deinem Bruder," sagte der Vater, der ihre lauernden Blicke bemerkt hatte.

„Ich muß arbeiten," erwiderte sie trotzig und ging hinaus, indem sie das Geschirr stehen ließ.

„Sage Minna, daß sie den Tisch abräumt," rief ihr die Mutter in sanftem Tone nach.

„Warum fährst du das Kind so an, Adolf? Sie verdient es viel weniger als Fritz," sagte Rosi vorwurfsvoll.

„Sie soll nicht horchen, wenn wir miteinander solche Dinge besprechen, das gehört sich nicht."

„Elisabeth versteht uns nicht falsch, das weiß ich; sie kann dreist so etwas mit anhören."

„Ich will es aber nicht,“ sagte der Pastor heftig und stand erregt auf.

Tante Emilies Augen folgten ihm hinter der großen Brille mit gespanntem Blicke.

„Nimm dich zusammen, ich bitte dich, Adolf; du bist ja stets ärgerlich, wenn ich Fritz tadle, und an Elisabeth hast du immer etwas auszusetzen.“

„Nein, du bist ungerecht, gegen Fritz zu strenge und gegen das Mädchen schwach.“

„Bitte, dann erziehe deine Kinder selbst,“ erwiderte Rosi spitz.

Die vorwitzigen Sonnenstrahlen kamen jetzt auch zu ihr und huschten über ihr Gesicht. Aergerlich stand sie auf, ließ das Rouleau herab, und die kecken Eindringlinge waren nun ausgesperrt. Nervös rückte sie an den Tassen, suchte die Krümchen von der Decke, während der Pastor an das Fenster trat, das eben herabgelassene Rouleau wieder aufzog und hinausblickte. Tante Emilie schrak ordentlich zusammen, als der grelle Lichtschein so plötzlich wieder auf das dunkle Grau in ihren Händen fiel.

Aber Rosi witterte eine Absicht ihres Mannes dahinter, als er die eben verbannten Strahlen wieder hereinließ, und rief ärgerlich:

„So laß doch das Rouleau zu; du sahst doch, daß ich es eben herunterließ, weil mich die dumme Sonne blendete.“

Die Stimmung der beiden Ehegatten war jetzt eine sehr gereizte, wie Tante Emilie bemerkte, deren Blicke von einem zum andern wanderten, und sicherlich würde es noch zu weiteren Auseinandersetzungen gekommen sein, wenn in diesem Augenblicke nicht Ilse und Nellie angemeldet worden wären.

Bei der Nennung dieser Namen erhob sich Tante Emilie wie auf Befehl, packte ihr Strickzeug zusammen und verschwand ebenso lautlos, wie sie gekommen war, denn die beiden Pensionsfreundinnen ihrer Nichte waren ihr wenig sympathisch, sie nannte Nellie kokett, Ilse keck und frei.

Die Röte der Erbitterung lag noch auf Rosis Wangen, als die beiden eintraten, aber sie bezwang sich und ging ihnen freundlich entgegen. Ihre

Begrüßung war ja nie eine stürmische oder auch nur besonders herzliche, wie sie sonst meist unter guten Freundinnen zu sein pflegt; die Pastorin bewahrte stets eine gewisse Steifheit.

„Bitte, nehmt Platz," nötigte sie, indem sie auf die Plüschgarnitur wies, die in dem gedämpften Lichte wieder stumpf und farblos war.

„Wir dachten gar nicht, euch zu Hause zu treffen bei dem herrlichen Wetter," sagte Ilse; „es ist zu schön, man möchte den ganzen Tag draußen sein."

„Dazu habe ich nun leider keine Zeit." Rosi setzte solchen Aussprüchen von Ilse immer einen Dämpfer auf, auch ließ sie gar zu gern einfließen, wie viel sie zu thun habe und wie sehr ihre Zeit in Anspruch genommen sei.

„Ja, meine Frau hat viel zu thun," sagte nun auch der Pastor; er meinte es wirklich ernst, denn Rosi redete es ihm ja fortwährend ein.

„O, wir sind auch keine Faulpelze," erwiderte Nellie, „jede Hausfrau hat zu thun."

„Ach, Kinder, ich mache es mir furchtbar bequem; immer an den Haushalt denken, ist doch zu langweilig," rief Ilse übermütig. „Manchmal meine ich, daß ich überhaupt zu etwas andrem geboren bin, weil mir die Geschichte so wenig Spaß macht. Was essen wir heute, was essen wir morgen? Das ist das ewige Motto. Leo muß oft den Küchenzettel machen, wenn ich keine Lust dazu habe."

Rosis Gesichtsausdruck merkte man es wohl an, wie sie über diese Aeußerungen dachte, sie antwortete aber nichts darauf, denn instinktiv ahnte sie, daß derlei nur gesagt wurde, um sie zu reizen. Sie fühlte sich Nellie und Ilse innerlich vollkommen fremd, aber sie hielt es wiederum für ihre „Pflicht", eine Jugendfreundschaft nicht einschlafen zu lassen, und schwieg deshalb zu vielem, was ihr an den beiden nicht gefiel. Als aber Ilse heute mit ihrer Aufforderung zur Teilnahme an der geplanten Partie herausrückte, da konnte sie nicht gut dazu schweigen. Was war das nun wieder für eine überspannte Idee, im Mondschein auf den

Schneekopf zu steigen! Das fehlte noch, daß sie diesen Unsinn mitmachten! Innerlich war sie deshalb auch empört über ihren Mann, daß er überhaupt darauf einging, und er schien wahrhaftig die größte Lust zum Mitgehen zu haben.

„Lieber Adolf," unterbrach sie das Gespräch, „wir wollen es doch erst überlegen; du kannst gewiß nicht fort."

Der Superintendent sah sie an, und aus ihren Blicken las er deutlich: Ich will es nicht. Er schwieg daher mit einem leichten Seufzer.

„Aber dein Mann sagte doch eben, daß er sehr gut könnte," meinte Nellie, und der alte Schelm, den Rosi innerlich Bosheit nannte, lachte mal wieder aus ihren Grübchen.

„Ich gehe keinesfalls mit," entschied die Pastorin. „Adolf kann ja mitgehen, wenn es ihm Spaß macht."

„Aber Rosi!" rief Adolf ganz erschrocken über eine solche Zumutung.

„Aber denke doch, Rosi, ein solcher Weg im Mondenschein, wie poetisch!" rief Ilse begeistert.

Rosi sah sie an und schüttelte unmerklich mit dem Kopfe; sie begriff sie eben nicht.

„Ach, ihr kommt doch noch mit," sagte lächelnd Nellie, als hätte sie Rosis Einwände gar nicht gehört.

„Nein!" gab diese schroff zur Antwort. Mit ihrer Geduld war es nun zu Ende, und sie kochte innerlich.

Als die beiden Frauen fort waren, zog sich der Superintendent wohlweislich in sein Zimmer zurück, denn die Wolken auf der Stirne seiner Rosi kündeten nichts Gutes. Sie ging ihm aber nach und drückte die Thüre hinter sich ins Schloß.

„Ich begreife dich nicht, Adolf, daß du immer und immer wieder etwas thun willst, was deiner Stellung nur schaden kann."

„Ja, aber wie so denn, Rosi?"

„Ach, thue nur nicht so, du weißt recht gut, was ich meine. Ilse und Nellie denken eben leider sehr frei, was euch Männern natürlich das liebste ist und am besten gefällt."

„Darin, daß man eine Partie auf den Schneekopf macht, sehe ich nichts Freies."

„Nein, darin nicht; aber machen sie diese Partie wohl, wie es Menschen unsern Standes zukommt? Bei Nacht und Nebel wollen sie hinauf."

„Im Mondenschein," verbesserte er ruhig.

„Eine solche Albernheit für erwachsene, verheiratete Menschen!" fuhr Rosi fort.

„Du hast bei allem etwas auszusetzen; es ist oft nicht zum aushalten. Dann laß uns doch lieber den Verkehr mit deinen Freundinnen abbrechen."

„Das liebste wäre es mir schon, ich thue es nur der Leute wegen nicht."

Adolf antwortete mit einem resignierten Achselzucken; er kannte diese Litanei nun schon auswendig, und wenn Rosi in dieses Fahrwasser geriet, gab es sobald kein Aufhören; er ließ sie deshalb ruhig weiterreden.

„Du solltest mir lieber dankbar sein, daß ich stets daran denke, wie die Leute wohl dein Thun und Treiben auffassen. Ich halte es sogar für meine Pflicht, dich darauf aufmerksam zu machen."

Wenn Rosi ihr „Pflichtgefühl" als letzten Trumpf ausspielte, wurde ihre Miene noch um einige Grade strenger. Der Pastor kannte auch diesen Schlußeffekt genau, und es war am besten zu schweigen, wenn sie bei diesem Punkte angelangt war; er setzte sich daher an seinen Schreibtisch, holte seine Bücher hervor, schlug sie auf und schien eifrig darin zu lesen. Dies war für seine Frau das Zeichen, daß er sich auf keine weiteren Erörterungen mehr einlassen würde; sie konnte sagen, was sie wollte, er blieb stumm.

„Daß du gleich so empfindlich bist," versuchte sie doch noch einmal anzufangen.

Keine Antwort!

„Uebrigens, mache doch die Partie mit, wenn dir soviel daran liegt. Ich," das Wort betonte sie besonders, „gebe mich zu solchen Dingen nicht her."

Wiederum Schweigen!

Adolf schien vertieft in seine Bücher, aber Rosi war heute noch lange nicht fertig; mit nervösen Fingern zupfte sie an den Fransen der Tischdecke.

Jetzt versuchte sie es mit einem andern Thema!

„Und dann wollte ich dich auch noch bitten, Adolf, daß du etwas strenger gegen Fritz bist, wir erleben sonst mit ihm noch etwas. Der Umgang mit Gontraus hat entschieden einen schlechten Einfluß auf den Jungen, und von dem eigentümlichen Professor Fuchs, der fast immer dort ist und mit den Kindern lauter Unsinn treibt, was sich für einen Mann in solcher Stellung doch wahrhaftig nicht schickt, lernen sie auch nichts Gutes."

Doch selbst hiermit konnte sie ihrem Manne keine Antwort entlocken, und erregt wandte sie sich zum Gehen.

„Natürlich, wenn ich ernste Dinge mit dir besprechen will, dann hast du keine Lust dazu, nicht mal über die Kinder kann man sich aussprechen."

Der Pastor zuckte zusammen, als die Thüre jetzt unsanft ins Schloß fiel, stand dann aber auf und steckte sich seine Pfeife an.

Rosi schüttete nun Tante Emilie ihr übervolles Herz aus und fand dort für alles einen lebhaften Wiederhall. Tante Emilie war mit ihr einer Meinung über den Leichtsinn von Fritz, über die große Schwäche seines Vaters, über die Tadellosigkeit von Elisabeth und, last not least, über das freie Benehmen der beiden Freundinnen. Darüber hatte die Tante schon manches gehört, was sie heute wie mildernden Balsam in die erregte Seele von Rosi träufelte, denn es war doch wenigstens ein Trost, daß andre Menschen ebenso dachten, wie sie.

*

Ilse betrachtete in den nächsten Tagen den Aprilhimmel mit besonderer Spannung; das kleinste Wölkchen versetzte sie in lebhafte Unruhe, und wohl hundertmal sah sie sich tagsüber das Barometer an, trotzdem ihr Onkel Heinz gesagt hatte, daß das gar nicht nötig wäre, denn wenn er sage, „es bliebe gut“, so „bliebe es auch gut“. Er zeigte auf einmal ein lebhaftes Interesse für die Partie und sprach alle Tage vor, um dies und jenes zu bringen, zu prüfen oder zu besprechen. Ilses Stiefel wurden von ihm einer gründlichen Prüfung unterworfen, und dabei ließ er eine längere Philippika gegen die Schuster im allgemeinen und denjenigen, welcher diese Schuhe verbrochen hatte, insbesondere los. „Ueberhaupt welcher Unsinn, so spitze Schuhe zu tragen, da müssen ja alle Füße Krüppel werden,“ behauptete er und zeichnete einen normalen Fuß auf und einen, der in spitzen Schuhen gesteckt hatte. Beinahe wären sie wieder in Streit geraten, als Ilse dagegen protestierte und behauptete, trotz der verpönten spitzen Schuhe noch einen normalen Fuß zu haben. Doch es ging diesmal noch gnädig ab. Sie merkte, daß er sich wirklich auf die Partie freute, wenn auch die Vorbereitungen mit der gewohnten Umständlichkeit getroffen wurden.

Als Onkel Heinz zur verabredeten Stunde am Sonnabend Nachmittag auf dem Bahnhofe erschien, konnten die andern kaum ein Lachen unterdrücken. Für eine Expedition auf den Großglockner konnte er nicht besser ausgerüstet sein, die dicht beschlagenen Nägelschuhe hallten bei jedem Schritte wieder, den er auf dem asphaltierten Bahnsteig machte. Ilse betrachtete sich seinen ungeheuren Rucksack und fragte, ob er denn auch die Steigeisen nicht vergessen hätte. Er wurde etwas verlegen, und sie lenkte auch sofort schnell wieder ein, als sie bemerkte, daß er seinen Bart zu drehen begann, das untrüglichste Zeichen seines Unmutes.

Nellie und Ilse sahen flott und touristenmäßig aus mit ihren kurz geschürzten Kleidern, den derben Schuhen und den Rucksäcken auf dem Rücken. Althoff und Gontrau hatten es sich schon bequem gemacht und ihre Sachen ins Coupé gelegt, während sie draußen noch auf und ab spazierten.

„Was machst du denn da?“ fragte Ilse, als sie jetzt einstieg und sah, daß Nellie ihres Mannes Rucksack geöffnet hatte und demselben eiligst Sachen entnahm, die sie in den ihrigen steckte.

„Fred hat zu schwer zu tragen,“ sagte sie etwas verlegen und band schnell die beiden Säcke wieder zu. Derjenige ihres Mannes war nun sehr zusammengeschrumpft, ihrer dagegen dick aufgeschwollen, Ilse wog sie beide in der Hand.

„Um Gottes willen, Nellie, das willst du schleppen, während dein Mann fast gar nichts zu tragen hat?“

„Laß nur, darling, laß nur! Fred darf sich nicht anstrengen, er ist in letzter Zeit so nervös,“ erwiderte Nellie, und bei dem Gedanken an das Leiden ihres Fred stiegen ihr sofort die Thränen in die Augen.

„Aber dein Mann ist doch ganz gesund,“ sagte Ilse; „ein bißchen nervös, du lieber Gott, das sind fast alle Menschen, das ist nun einmal die Modekrankheit.“

Nellie schüttelte wehmütig den Kopf. Ilse verstand sie in diesem Punkte nicht, sie nahm die Sache viel zu leicht, sie wußte es aber besser.

„Du verwöhnst deinen Mann viel zu sehr,“ fuhr Ilse fort; sie wußte ja aus dem Munde ihres gemeinschaftlichen Arztes, daß Althoff wohl etwas reizbare Nerven habe, im übrigen aber kerngesund sei. Sie verstand wirklich die Freundin hierin nicht und versuchte, sie bald in ernstem, bald in neckischem Tone von der übertriebenen Aengstlichkeit abzubringen.

Die kleine Reise bis zu dem Gebirgsstädtchen, einem Badeorte, von wo aus der nächtliche Aufstieg unternommen werden sollte, wurde in bester Stimmung zurückgelegt. Ilse war ganz besonders in ihrer gehobensten Laune und steckte mit ihrer Lustigkeit alle andern an, auch Onkel Heinz, der ihr dann und wann unter der Brille hervor einen strahlenden und bewundernden Blick zuwarf und vergnügt mitlachte.

Um diese Zeit waren die Touristen in dem beliebten Badeorte noch selten, nach der langweiligen Winterzeit die Neugierde wahrscheinlich auch größer, jedenfalls sahen große und kleine Menschen unsern

Wandernden nach, und besonders wurden die Damen mit ihren Rucksäcken auf dem Rücken vielfach belächelt. Die Kinder liefen sogar hinterher und konnten sich nicht satt daran sehen.

„Na, wollt ihr wohl, ihr infamen Kröten!“ wehrte Onkel Heinz sie mit seinem Stocke ab, als sie die Urheber ihrer Heiterkeit auf alle mögliche Weise schlecht zu behandeln versuchten. Aber ob sie nun sein böses Gesicht nicht ernst nahmen, oder in ihm den Kinderfreund witterten, jedenfalls stürzten sie wie auf Kommando auf ihn los; er setzte sich in Trab, schreiend liefen die Kinder hinter ihm her, bis er ganz außer Atem kam und stehen blieb, um auf die übrigen zu warten.

Die Straße, die sie durchschritten, dehnte sich fast endlos aus. Villenartige Häuser zu beiden Seiten rüsteten sich schon für die Sommergäste; es roch nach frischem Farbenanstrich, Fenster und Thüren wurden abgewaschen, auch schon neue Gardinen aufgesteckt, und in den Gärten ward gegraben und gepflanzt. Hinter einzelnen blanken Scheiben prangten bereits große Plakate: „Logis zu vermieten“. Nur noch wenige Wochen, und alles war für die Fremden bereit, wie aus einer Spielschachtel genommen. Dann wogte auch unter den alten Linden, die im Sommer der Sammelplatz für die Fremden waren, eine bunte Menge, die Kurmusik anhörend, Kaffee trinkend, Kuchen essend, lachend und schwatzend, wie ein Bienenschwarm durcheinander summend. Jetzt standen vor der Thüre des eleganten Restaurants die kleinen Kellnerlehrlinge in blauen Schürzen und wuschen Tische und Bänke ab. Sie hielten in ihrer Beschäftigung inne, als die fünf einsamen Gestalten vorüberkamen. Nun wanderten diese die Höhe hinauf durch den Buchenwald, dessen zarte Knospen einen lichtgrünen Schleier über ihnen woben, und aus dessen Zweigen fröhliche Vogelstimmen tönten, wie eine Verkündigung des nahenden Frühlings.

„O, wie schön! Sieh nur, Fred,“ sagte Nellie so recht aus vollster Seele und hing sich an seinen Arm.

Bald kamen sie an eine Lichtung, wo zwischen den abgehauenen Stämmen ein wahrer Blumenflor wucherte. Anemonen, Primeln und

Veilchen, zwar nur sogenannte Hundsveilchen ohne Duft, aber von entzückender Farbe.

Die beiden Frauen stürzten darauf los, und im Nu hatten sie einen großen Strauß gepflückt. Sie schmückten damit sich selbst, die Hüte ihrer Männer und natürlich auch den von Onkel Heinz.

„Was soll ich denn mit den Dingern anfangen? Die sind ja im Augenblick verwelkt," sagte er trocken, als Ilse ihm ein Sträußchen von Primeln und Veilchen an den Hut steckte, aber schmunzelnd ließ er sich doch diesen Ausputz seines alten grauen Filzes gefallen.

„Sehen Sie doch nur diese entzückende Farbenzusammenstellung von Blau und Gelb!" rief Ilse.

„Kann ich nicht finden, viel zu grell," sagte er wieder ablehnend.

Ilse wandte sich ab.

„Na, denn nicht," meinte sie.

„Um Gottes willen, Gontrau, du läufst ja wie ein Wilder," rief Onkel Heinz nach einer Weile, „man kann ja gar nicht mitkommen."

„Nun, dann gehen wir eben langsamer, Heinz; aber ich gehe doch wahrhaftig nicht schnell," sagte Gontrau liebenswürdig und änderte sofort das Tempo seiner Schritte.

„Langsam gehen ist die erste Regel. Hast du schon mal eine ordentliche Bergtour gemacht, Gontrau?" fragte Onkel Heinz mit einem spöttischen Lächeln.

„Nun, ich denke doch! In der Schweiz war ich auf dem Monte-Rosa, in Tirol habe ich den Ortler bestiegen."

„Ach, du lieber Gott, diese Hügel, ist ja eine Kleinigkeit!" rief Onkel Heinz dazwischen und fing nun an, von den Besteigungen auf seinen Reisen in andern Weltteilen zu erzählen, allerdings an Gefahren und Abenteuern reich. Ilse wollte nun auch ihrerseits einige boshafte Bemerkungen einschalten, wie er es eben gethan hatte, aber sie wurde durch seine interessante Erzählung so gefesselt, daß sie schwieg und aufmerksam zuhörte. Onkel Heinz war ein guter Erzähler, und wenn er so recht im Zuge war, dann zeigte sich auch mehr als sonst sein Innenleben, und es war durchaus keine verknöcherte Junggesellenseele, die zum Vorschein kam. Feine Beobachtungen und Stimmungen ließ er durchschimmern, die man ihm nicht zugetraut hätte.

Eine gute Strecke waren sie inzwischen weiter gekommen. Die scheidende Sonne vergoldete noch die hohen Tannenwipfel und durchleuchtete den Himmel, vom feurigen Rot und Orange bis zum hellgoldigen Gelb, an das sich in wirksamem Kontrast das duftige Blau und Violett des westlichen Firmaments anschloß. Wie ein leichtes Frösteln ging es durch die Natur, als der farbenprächtige Himmel allmählich verblaßte, die goldig warmen und die bläulich kühlen Töne in einem nebelhaften Grau verschwanden, und die durchsichtige Scheibe des Mondes als Alleinherrscherin am Himmel stand.

Schnell huschte die Dämmerung wie ein leichter Schatten herbei, die Gegenstände verschleiernd. Die scharfen Umrisse gingen ineinander über, verschwommen wurden die fernen Linien, alles löste sich in eine traumhafte Weichheit auf, und schlaftrunken zirpten die kleinen Sänger des Waldes auf den Zweigen.

Stumm schritten die Freunde weiter, nur manchmal sprachen die beiden Paare im traulichen Flüstertöne zu einander. Einsam schritt ihnen Onkel Heinz voran.

Jetzt kamen sie in einen Tannenwald, hier war es schon dunkler als draußen, nur durch die Zweige schimmerte noch das helle Grau des Himmels. Ilse wurde es etwas bänglich zu Sinne hier zwischen den hohen Bäumen, sie glaubte es überall knistern zu hören; bald sah sie sich ängstlich um, bald spähte sie nach beiden Seiten in den dämmernden Wald. Mit jedem Schritte wurde ihre Phantasie erregter, die dunklen Stämme und herabhängenden Zweige nahmen alle möglichen Gestalten an, die schattenhaft an ihr vorüberzogen. Das Knacken und Knistern in den dürren Aesten auf dem Boden wurde immer deutlicher, jetzt sah sie auch genau, wie sich etwas bewegte. Unwillkürlich klammerte sie sich noch fester an Leos Arm und starrte mit angstvollen Augen dorthin, woher das Geräusch kam. Wie es in Augenblicken großer Furcht gewöhnlich ist, wagte sie nicht zu sprechen, kaum zu atmen. Wenn sie überfallen würden! Ihre lebhafte Einbildungskraft malte ihr die schaurigsten Dinge aus, und gerade wollte sie Leo zuflüstern, wie sehr sie sich fürchte, als plötzlich zwischen den hohen Stämmen etwas hervorkam – ein großer Hirsch, der quer über den Weg setzte und nach einer Lichtung zu lief, wo er äsend stehen blieb. Nun war der Geisterspuk erklärt, Ilse atmete auf, aber ein Gefühl der Angst und Unsicherheit blieb doch in ihr zurück, und da die lustige Ilse, die sonst den Ton angab, schwieg, waren auch die andern meistens still.

Der Abend war nun ganz hereingebrochen, die Luft kühl geworden, und dem frühlingsjungen Waldboden entströmte ein feuchter Erdgeruch. An der Seite rauschte jetzt behende ein Wasser neben ihnen her, einschläfernd durch seine eintönige Melodie, die sich anhörte, als sänge es der zur Ruhe gehenden Natur ein Schlummerlied.

„Es wird feucht," sagte Althoff und zog seinen Rockkragen in die Höhe.

„O, du frierst doch nicht?" fragte Nellie ängstlich und nahm ihr Tuch von den Schultern, um es ihm umzulegen. Er wehrte ab, nicht gerade in der liebenswürdigsten Weise.

„Es geht dir doch gut, Fred?" fragte sie wieder nach einer Weile, und diesmal antwortete er liebevoller.

„Ja, ja, Kind, nur etwas einseitige Kopfschmerzen, wie gewöhnlich."

„Soll ich dir ein Antipyrinpulver geben? Ich habe welches mitgenommen!" fragte Nellie eifrig.

„Um Gottes willen, nehmen Sie doch nicht solches Zeugs," rief da Onkel Heinz' Stimme. „Sie vergiften sich ja nur damit."

„O, es hilft Fred aber so gut," meinte Nellie.

„Ja, dann nehmen Sie Ihr Gift nur," erwiderte Onkel Heinz mit Achselzucken, „aber hier, trinken Sie wenigstens einen Cognak als Gegengift."

Er reichte ihm seine Flasche hin. Gegen jede Medizin hatte er etwas einzuwenden, und wenn die Gontrauschen Kinder mal krank waren, lag er mit Ilse stets im Kampfe, denn sie that, was der Arzt anordnete, statt seinen Ratschlägen zu folgen, und wenn er auf die „dummen Kerle“, die Aerzte, schalt, machte sie ihn mit seinen Mitteln und Mittelchen lächerlich.

Leo, der mit Ilse ein Stück vorausgegangen war, drehte sich jetzt um und rief den andern zu: „Menschliche Wohnung in Sicht!“ indem er dabei auf einige helle Punkte zeigte, die in der Entfernung durch die Bäume blinkten. Nicht lange mehr und sie konnten die Umrisse eines Gebäudes erkennen, das wohl das Försterhaus war, an welchem sie vorbeikommen mußten. Einsam lag es am Waldessaume, hohe, dunkle Tannen ragten majestätisch darüber hinweg und hoben sich vom helleren Himmel wie scharfe Silhouetten ab. Die Thüre des Wildgatters, das den Wald abschloß, fiel mit dumpfem Tone zurück, und nun standen die nächtlichen Wanderer in einem Garten, der zum Försterhause gehörte. Ilses feine Nase witterte etwas wie Veilchenduft, als sie an den frischen Beeten vorbeigingen. Im Erdgeschoß waren die Fenster erleuchtet, man konnte ohne Mühe hineinsehen. Die Försterfamilie saß um einen runden Tisch versammelt, über dem eine Hängelampe brannte, und schien eben zu Abend gegessen zu haben, denn das Tischtuch lag noch auf, und von seiner blendenden Weiße fiel ein heller Schein auf die rosigen Gesichter in der Runde. Echt deutsche Gemütlichkeit durchwehte das einfache Zimmer mit den vielen Geweihen und den Buntdrucken von dem Kaiser und der Kaiserin an den Wänden, sie lachte aus den freundlichen Mienen der rotwangigen Hausfrau den blonden Kindern entgegen und umgab auch die kräftige Gestalt des Hausherrn, der sich gerade seine Pfeife stopfte und die Zeitung vor sich liegen hatte. Den Draußenstehenden that es leid, dieses harmonische Bild zu stören, sie rührten sich kaum und betrachteten es mit Wohlgefallen. In diesem Augenblicke aber wurden die Hunde im Zimmer unruhig, der Förster erhob sich, kam zur Thüre heraus und nahm die späten Gäste freundlich auf. Er war nicht wenig erstaunt, als er hörte, daß die Gesellschaft noch in der Nacht auf den Schneekopf gehen wollte; so etwas kam wohl im Sommer vor, aber zu dieser Zeit selten. Schmunzelnd sah er sich die Frauen an, die frisch und unternehmungslustig vor ihm standen.

„Das nenne ich aber Mut,“ sagte er zu ihnen. „Ein bißchen Schnee wird's da oben wohl noch geben.“

„Wir fürchten uns nicht davor, Herr Förster,“ erwiderte Ilse lustig und warf ihren Rucksack auf den Stuhl.

„Kann man hier einen guten Cognak haben?“ fragte Onkel Heinz und ließ sich in den alten Lehnstuhl am Ofen nieder, daß die lahm gewordenen Federn ächzten.

„Alles, was Sie wollen! – Frau, die Herrschaften wünschen etwas zu genießen,“ rief er hinaus.

Die Försterin kam herein, ihre Blondköpfe hinter ihr her, aber diese blieben neugierig in der Thüre stehen. Nellie holte sich die Kleinen, auch Onkel Heinz erhob sich von seinem bequemen Sitze und stellte allerhand lustige Fragen an die Kinder. Ilse aber beschäftigte sich mit den kleinen, krummbeinigen Dackeln und dem braunen Hühnerhund mit den herabhängenden Ohren und den treuen, klugen Augen. Er hatte sich ganz nahe an sie gedrängt und ließ sich von ihr am Halse krauen, und wenn sie einen Augenblick innehielt, stieß er sie mit der Schnauze an.

Die Rast war keine lange, denn Althoff und Leo drängten zum Aufbruche. Sie hatten mit dem Förster, der ihnen eine kleine Strecke das Geleite geben wollte, eingehend den Weg besprochen.

Auffallend kühl war es geworden, als sie aus dem Hause traten, und in den dunklen Tannenwipfeln über ihnen rauschte es leise. Am Himmel stand ruhig, silberglänzend der Mond, tausend und abertausend Sterne funkelten. Jetzt verließen sie die Landstraße, die sich als heller Streifen durch die Wiese vor ihnen herschlängelte, und bogen in den steilen Waldweg ein, der steinig und mühsam zu erklettern war. Hier schied der Förster von ihnen.

Nun ging's flott weiter, voran die beiden Damen, deren Hände sich oftmals krampfhaft zusammenfanden, wenn ein Geräusch zu hören war oder sie irgend etwas Schreckhaftes zu sehen glaubten. Die Nacht bevölkert den Wald für furchtsame Geister ja mit allen möglichen Spukgestalten, sie hören, wo nichts zu hören ist, und sehen, wo nichts zu sehen ist. Ilse besonders war es nicht behaglich zu Mute, aber um keinen Preis wollte sie sich verraten, wie würde Onkel Heinz sie sonst wohl verspotten! Auf einmal zuckte sie doch zusammen und konnte einen lauten Ausruf des Schreckens nicht unterdrücken.

„Da, da!“ rief sie und zeigte entsetzt nach oben. „Seht ihr nicht die weiße Gestalt?“

Eine weiße Gestalt war allerdings zu sehen, ja sie schien näher zu kommen und zu wachsen; selbst weniger Schreckhaften als Ilse wäre es bei diesem Anblick unheimlich geworden. In ihrer Herzensangst überhörte sie ganz die spöttische Bemerkung von Onkel Heinz, der herzhaft weiter- und auf das Gespenst losschritt. Plötzlich tönte ein schallendes Gelächter durch die Stille. Onkel Heinz war es, der sich neben die weiße Geistergestalt gestellt hatte und sich vor Lachen ausschütten wollte.

„Ihr Gespenst ist von Stein, Frau Gontrau, kommen Sie nur getrost und sehen Sie es sich an!“ rief er laut.

Ilse ärgerte sich im stillen und schämte sich zu gleicher Zeit, daß sie ihre Furcht gezeigt hatte. Die vermeintliche weiße Gestalt war ein heller Stein, ein großer Wegweiser, der in dem matten Mondeslicht blendend schimmerte.

„Von weitem konnte man den Stein ganz gut für eine Gestalt halten,“ meinte Leo, welcher bemerkt hatte, daß Ilse dem Weinen nahe war und sie entschuldigen wollte.

„Na, Gontrau,“ rief Onkel Heinz, „nun fängst du wohl auch noch an, an Gespenster zu glauben?“

Und wieder erschallte sein Lachen durch die stille Nacht.

Ilse erschien es in ihrer aufgeregten Gemütsverfassung fast teuflisch! Ja, Blößen durfte man sich vor Onkel Heinz nicht geben, dann war man verloren. Aber Rache ist süß! Der Augenblick würde schon kommen, wo Ilse sie ausüben konnte, jetzt war ihre Erregung zu groß, um etwas sagen zu können; sie wich nicht von Leos Arm und sah sich oftmals scheu nach allen Seiten um.

Bei dem Geistersteine verließen sie den Wald, überschritten den Fahrweg und waren nun auf der Höhe; nur wenig stieg es noch hinan. Ilse atmete tief, der frische Höhenwind kam ihnen entgegen, und nach allen Seiten war der Blick frei, keine beengenden Bäume mehr, zwischen deren Stämmen man allerlei vermuten konnte. Die Mondscheibe erschien hier oben riesengroß, ihr Glanz umgab die Gestalten mit silbernen Rändern und lag breit auf dem steinigen Wege und auf den niedrigen Föhren, zu deren Füßen unter Steingeröll ein flinkes Wässerchen gurgelte, hastend und stürzend, als hätte es Eile, ins Thal hinunter zu kommen. Einen Augenblick blieben die Wanderer stehen, um auszuruhen. Sie waren warm geworden, denn unwillkürlich geht man in der Nacht schneller, als am Tage, das Auge wird nicht fortwährend abgelenkt, vielleicht treibt auch die geheimnisvolle Heimlichkeit der Nacht schneller zum Ziele.

Die frische Luft kühlte erquickend die erhitzten Wangen. Tief unten im Thale blitzten hier und da Lichter auf, sonst war nichts zu sehen; einsame Stille herrschte ringsumher.

„O, wenn uns Rosi jetzt sehen könnte!“ sagte Nellie.

„Sie würde uns für verrückt halten,“ meinte Fred. „Was die Leute nicht verstehen, das halten sie allemal für verrückt,“ erwiderte Onkel Heinz. „Wenn es nicht das Herkömmliche ist, blauer Himmel, goldner Sonnenschein, grüner Wald u. s. w., dann ist die Natur nicht schön, das kennt man ja. Die Menschen urteilen eben nur nach dem Neuerlichen; sich in etwas zu vertiefen, ist zu langweilig, darum lassen sie es lieber. Das ist nun einmal nicht anders.“

Onkel Heinz hatte darin wohl trübe Erfahrungen gemacht! Auch ihn durfte man nicht nach dem Aeußeren beurteilen; um ihn kennen und schätzen zu lernen, mußte man ihn genau studieren, und selbst dann gab es noch oft Stellen, wo man ihn nicht verstand, davon konnte Ilse ein Liedchen singen. Doch heute fühlte sie sich sehr geschmeichelt, daß der sonst stets absprechende Professor Gefallen an der nächtlichen Partie fand, wie es sein Ausspruch soeben bewies. Nach ihrer Meinung mußte aber auch das härteste Gemüt bei dieser Umgebung in poetische Stimmung geraten, von der sie ganz erfüllt war. Schaudernd und beseligt ergriff sie oft Leos Arm und drückte ihn leise, wie sie es gerne that, wenn ihr etwas gefiel.

Gegen zwölf Uhr sahen sie oben auf dem Bergrücken den Giebel eines Hauses auftauchen, einige Schritte weiter und es erschienen die Fenster, auf welchen das Mondlicht bläulich schimmernd lag. Allmählich wuchs das Haus immer höher aus dem Boden empor, bis sie dicht davor standen. Ein großer Kasten aus grauen Steinen, kahl und ernst! Der Wind rüttelte an den Holzläden vor den Fenstern und fuhr pfeifend um die Hausecken, in die krummgebeugten Föhren, durch die hohen Gräser. Drinnen lag schon alles im tiefsten Schlummer. Die Thüre war verschlossen, und erst, als man eine Weile mächtig dagegen gehämmert hatte, wurde ein schlürfender Schritt im Hausflur hörbar, und die Thüre that sich auf. Die frühen und doch so späten Gäste mußten erst ziemlich lange warten und sogar selbst Hand mit anlegen, bevor es gemütlich wurde, aber dann ließen sie es sich auch wohl sein im hellen Zimmer beim knisternden Holzfeuer im Ofen, beim Essen und Trinken, dem eine wohlige Müdigkeit folgte. Doch diese währte nicht lange, denn Frau Ilse war in Stimmung, und das gab den Ausschlag bei den übrigen. Sie sprach viel Vernünftiges und Unvernünftiges durcheinander, war sprudelnd, lebhaft, witzig und verstand es, die andern mit sich fortzureißen.

Nellies Blicke hingen wie verklärt an ihrem Manne, dem die Partie so gut zu bekommen schien. Die Kopfschmerzen waren ganz fort, wie sie meinte, durch das Pulver, während Onkel Heinz behauptete, durch seinen guten Cognak.

Auch der Professor war heute in seiner besten Laune, er stimmte in die Scherze der übrigen mit ein, war selbst der Heiterste und setzte allem die

Krone auf, als er schließlich in poetischer Form eine Rede auf Ilse, die Urheberin dieser schönen Partie, hielt, welche mit großem Beifall aufgenommen wurde.

„Ich hätte gar nicht geglaubt, daß Sie so poetisch sein können, Onkel Heinz," sagte Ilse, als sie sich für diese Aufmerksamkeit bedankte, und um ihre Mundwinkel zuckte es spöttisch.

„Wieso?" fragte der Professor erstaunt.

„Nun, einem so eingefleischten, nüchternen Junggesellen, wie Sie es doch sind, traut man alles eher zu, als gerade Poesie. Ich dachte, Sie könnten nur über alles spotten und höhnen."

Onkel Heinz sah sie ganz bestürzt an, er ahnte ja nicht, daß dieser Hieb die Rache dafür war, daß er seine Freundin, Frau Ilse, vorhin so herzhaft ausgelacht hatte. Wie ein kalter Wasserstrahl wirkten deshalb ihre Worte, und es war gut, daß man sich bald trennte, denn um seine lustige Stimmung war es nun geschehen.

Erst spät erloschen die einsamen Lichter in dem einsamen Hause auf dem Schneekopf. Aber der sanfte Schein des Mondes spielte noch auf den Fensterscheiben, bis er im fahlen Dämmer des aufsteigenden Tages verblaßte und die glänzende Morgensonne seinen Platz einnahm.

Nur einmal noch in der Nacht ging jemand durch die Hausthüre, den Kopf dicht in den Rockkragen vergraben – es war Onkel Heinz. Unruhig schritt er auf und ab, blieb einige Male stehen, und setzte sich dann auf einen der hohen Steine, eifrig seine Bartspitze wirbelnd. Die harten Worte von Ilse heute abend hallten noch in ihm nach, sie hatten ihn tief geschmerzt, und er konnte deshalb keine Ruhe finden. Ueber seinem Haupte jagten die Wolken, vom Sturme getrieben, am Mond vorüber, aber Onkel Heinz hatte jetzt keinen Blick für solche Naturschauspiele, und er bemerkte deshalb auch nicht, daß am östlichen Himmel ein roter Schein zu sehen war, der in fortwährender Bewegung bald feurig, bald blasser leuchtete und allmählich wieder verschwand.

Lange noch blieb der Professor draußen.

Des Morgens erschien er erst, als die andern schon beim Kaffee saßen. Es sollte früh aufgebrochen werden. Onkel Heinz war nicht in der besten Laune, er sagte, daß er schlecht geschlafen habe, und schimpfte auf alles. Die Betten wären zu kurz, das Zimmer bei geschlossenen Läden dumpfig gewesen, und als er sie geöffnet habe, hätten sie geklappert, und das helle Mondlicht hätte ihn gestört.

„O, Herr Professor, seien Sie nicht böse," sagte Nellie; „sehen Sie doch, wie schön es draußen ist." Und sie zeigte hinaus in den goldenen Frühlingsmorgen.

„Ja, das kann mir auch nichts helfen, deshalb habe ich doch schlecht geschlafen," erwiderte er mißmutig.

„Alter Freund, du bist wohl mit dem linken Fuße zuerst aufgestanden?" fragte Leo, indem er ihm auf die Schulter klopfte.

„Dummheit, solches altes Weibergeschwätz auch nur zu wiederholen."

Es war nichts mit ihm anzustellen heute morgen, trotzdem er von allen Seiten um der schlaflosen Nacht und der andern Störungen willen lebhaft bedauert wurde.

Brummend stieg er mit auf den Aussichtsturm, und obgleich er sagte, daß es überhaupt ganz gleichgültig sei, wie dieser oder jener Berg heiße, oder dieses oder jenes Dorf, es käme nur auf den malerischen Eindruck an, so stritt er doch bei allem, was gesagt wurde, besonders wenn Gontrau etwas behauptete.

Ilse, welche ahnte, daß sie wohl die Schuld an seiner üblen Laune habe, hatte ihm innerlich schon die schönsten Beinamen gegeben, wie „alter Junggeselle", „Brummbär" und dergleichen mehr, aber sie schlug doch einen neckischen Ton ihm gegenüber an, in der Hoffnung, ihn dadurch umzustimmen.

Lustig verließ die kleine Gesellschaft etwas später den Schneekopf. Der Himmel hatte sich inzwischen bewölkt, der auf der Höhe nie rastende Wind trieb mit den Wolken sein Spiel, blies den blauen Rauch aus dem Schornstein auseinander, rüttelte an dem Eisengestell des Turmes und jagte hinter den Gestalten der Wanderer her, daß ihre Kleider und Mäntel flatterten. Zu dem Aufstieg in der zauberhaft stillen Mondscheinnacht war dieser wilde Morgen ein greller Gegensatz. Die schneidende Luft trieb Thränen in die Augen und blies die Backen feuerrot an.

„Schneeluft," sagte Althoff.

Er hatte recht, nicht lange mehr und die Wolken hatten den ganzen Horizont bedeckt. Zuerst fielen nur einzelne weiße Flocken hernieder, dann aber wurde es ein lustiges Gestöber, wie mitten im Winter. Locker und leicht legte sich der Schnee wie eine weiche Flaumdecke auf die Frühlingsflur, aber die Zweige und Halme beugten sich nicht unter seiner Last; es war ja jetzt kein Ernst mehr mit dem Winter, der nächste warme Sonnenstrahl nahm ihn wieder mit fort.

An verschiedenen Stellen lag auch noch der Winterschnee fußhoch, und darüber mußten sie hinwegschreiten. Fast bei jedem Schritte sanken die Füße bis über die Knöchel ein, was ein Hauptspaß für Ilse war. Sie fand diesen „Winter im Frühling" herrlich und konnte ihr Entzücken nicht laut genug äußern, schon deshalb, weil sie bemerkte, wie Onkel Heinz sich höchst ärgerlich bis über die Ohren in seinem Rockkragen versteckt hatte, so daß nur die Bartspitze herausguckte, und leise vor sich hinbrummte, wenn er eine Schneefläche durchwaten mußte. Auch Althoff war diese Art von Hindernis nicht angenehm, Nellie verfolgte seine Mienen mit besorgten Blicken, in denen zu lesen war: wenn es ihm nur gut bekommt.

„Liebster, ich muß dir einen Kuß geben, so himmlisch finde ich es hier," rief Ilse begeistert, Leo herzhaft küssend, und stampfte mutig weiter, umtanzt von den Flocken, die sich in ihre krausen Haare setzten und wie Diamanten darin funkelten.

„Onkel Heinz, finden Sie es denn auch so schön?" rief sie herausfordernd und warf ihm eine Handvoll Schnee ins Gesicht.

„Kann ich nicht finden," versetzte er unwirsch, nahm seine Brille ab und wischte die Gläser, die naß angelaufen waren, wieder trocken.

„Ein Unsinn, Gontrau, daß wir diesen Weg machen, er ist viel weiter und schauderhaft schlecht; durch den Hirschgarten wären wir weit näher gegangen,“ sagte er dann zu Leo.

Althoff und Leo stritten dagegen, aber Onkel Heinz blieb bei seiner Behauptung. Schließlich wurde die Generalstabskarte herausgeholt, und die drei Männerköpfe beugten sich darüber, bis Onkel Heinz zugeben mußte, daß er unrecht hatte.

„Die Juristen müssen ja immer alles besser wissen,“ sagte er.

„Und die Zoologen sind immer streitsüchtig,“ entgegnete Ilse schlagfertig, Leo aber erwiderte lachend: „Aber Heinz, du hast dich doch nun auf der Karte überzeugen müssen, daß dieser Weg der kürzere ist.“

„Sind meistens falsch, die Karten, und mir deshalb gar nicht maßgebend,“ entgegnete der Professor in unerschütterlicher Streitsucht.

Nun wurde es aber Ilse zu viel, das Maß war voll und lief über. Alle Beinamen, die sie ihm am Morgen innerlich gegeben hatte, wiederholte sie jetzt laut. Er mußte anhören, daß er ein alter Brummbär sei, der jede Gemütlichkeit störe, und daß er doch froh sein sollte, wenn zwei so nette Ehepaare, wie sie und Althoffs wären, ihn alten wunderlichen Junggesellen in ihrer Mitte duldeten, und sie begriffe Leo in der That nicht, warum er sich die ewige Schulmeisterei von ihm gefallen ließe, sie hätte sich dies schon lange nicht mehr von ihm bieten lassen. „Gott sei Dank, daß Sie keine Fran haben, Onkel Heinz, die Aermste würde ich bedauern,“ schloß sie ihre Strafpredigt, die den andern höchst komisch erschien, denn sie lachten laut darüber, von dem Professor aber sehr ernst aufgenommen wurde. Er sah sie ganz verdutzt an, als sie so lossprudelte, sagte aber nichts dazu, sondern zog sich seinen Rockkragen noch fester über die Ohren, die Mütze tiefer in die Stirn, und schritt weiter.

„Seien Sie froh, Professor, daß Sie nicht verheiratet sind, denn so machen es die Frauen, sie halten immer Gardinenpredigten,“ versuchte Althoff zu scherzen, aber Onkel Heinz blieb unempfindlich gegen alles, stumm und in sich versunken ging er weiter.

Gegen Mittag hörte das Schneien auf, die Wolken zerrissen, der blaue Himmel kam wieder zum Vorschein, und als sie unten im Thale ankamen, schien die Sonne hell auf die blühende Frühlingslandschaft. In dem zarten Laube hingen noch unzählige, funkelnde Regentropfen, der samtweiche Moosboden erglänzte unter dem schimmernden Naß, und auf den Wiesen, die sich als eine weite, grüne Fläche bis zum nächsten Dorfe hinzogen, glitzerten zwischen Halmen und Gräsern feuchte Perlen; die Natur schien unter Thränen zu lächeln.

Als unsre Freunde den schmalen Wiesenpfad verließen, der in die Dorfstraße einmündete, sahen sie schon von weitem eine dunkle Masse sich unruhig hin und her bewegen, über die hinweg ein bläulicher Rauch in die Höhe zog. Unter den Thränen, die hier noch in den Augen erglänzten, gab es kein Lächeln, mit rauher Hand hatte das Schicksal eingegriffen und den Bewohnern Schrecken und Kummer gebracht. Der rötliche Schein am Himmel in letzter Nacht, der bis zum Schneekopf geleuchtet, und den Onkel Heinz nicht bemerkt hatte, war der Wiederschein des großen Feuers gewesen, dem zwanzig Häuser zum Opfer fielen. Ein wüster Trümmerhaufen, aus dem es noch hier und da schwälte und der seinen Brandgeruch weit entgegenbrachte, war fast alles, was den Aermsten von ihrer Habe geblieben war. Auf dem regendurchweichten Wege stand das Wenige, das hatte gerettet werden können, ein paar Stühle, Tische und Schränke, ein Bündel Betten und Kleider, armselige Sachen, schlecht und halb zerfallen, und doch, von wie großem Werte für ihre Besitzer, die sie immer von neuem betrachteten und prüften, ob ihnen auch nichts geschehen sei. Glücklicherweise war kein Menschenleben zu beklagen, aber das meiste Vieh, Kühe, Ziegen, Schweine, war ein Raub der Flammen geworden. Der Pastor und der Ortsvorsteher versuchten den Jammernden Mut einzusprechen, laut weinend standen die Weiber umher, ängstlich an sie gedrückt die Kinder, bleich und verstört sahen die Männer aus.

Das war ein trauriger Abschluß der schönen Partie und ein beschämendes Gefühl schlich sich in die Seelen der Freunde bei dem Gedanken, daß sie die Nacht in Lust und Fröhlichkeit zugebracht hatten, während nur wenige Stunden von ihnen entfernt das Unglück in so verheerender Weise hauste. Das trübe Bild verwischte denn auch sofort alle Eindrücke der letzten Stunden, man dachte an nichts, als an das Feuer, von nichts andrem war mehr die Rede. In dem kleinen Wirtshause, wo ihnen in aller Eile ein Mittagessen hergerichtet wurde, sah alles verschlafen und übernächtig aus, im Bette hatte ja in dieser schrecklichen Nacht niemand gelegen, wo jeder in hellster Aufregung gewesen war.

Eintönig verlief das Mahl. – Der Wirt, der sich zu ihnen gesetzt hatte, erzählte den genauen Hergang des Brandes. Wie das Feuer entstanden, wußte kein Mensch, doch hatte sich jeder seine eigene Geschichte darüber zurecht gemacht. Der eine wollte wissen, daß ein altes Weib mit dem brennenden Licht auf den Boden gegangen sei, ein andrer, daß es durch Kinder entstanden wäre, und wieder welche zwinkerten geheimnisvoll mit den Augen und munkelten, daß es „angesteckt" sein müsse. So meinte auch der Wirt, der sogar einen Racheakt dahinter vermutete. Ein Knecht, der von seinem Bauern vor einigen Tagen fortgejagt worden war, Drohungen ausgestoßen und sich noch einige Tage im Dorfe umhergetrieben hatte, dann aber plötzlich verschwunden war, sollte am vorigen Abend gesehen worden sein; auf ihn lenkte sich der Verdacht. Nun, in der Untersuchung würde es ja herauskommen, wer der Anstifter gewesen sei, so schloß der Wirt seine Rede.

Nach dem Essen wurde der Brandplatz noch einmal aufgesucht. Althoff und Gontrau besichtigten die Brandstätte mit dem Pastor zusammen, Nellie und Ilse gaben den Frauen einiges Geld und sprachen tröstende Worte zu ihnen, die Ilse trivial und nichtig fand; in diesem Augenblicke, wo den Leuten alles genommen war, da konnte ihnen nur durch die That geholfen werden, denn auch die besten Trostesworte würden ihnen das Verlorene nicht wieder bringen. Hilfe mußte auf jeden Fall geschaffen werden! Ja, aber wie? Das war die Frage, die sich jeder einzelne stellte, als Ilse auf dem Heimwege die Rede darauf brachte. Mit Wenigem war hier nichts auszurichten. Allerhand Vorschläge wurden gemacht und wieder verworfen. Nellie riet zu einem Bazar, aber vor nicht langer Zeit hatte erst einer zum Besten der Waisenkinder stattgefunden, da würde jetzt wohl ein zweiter nicht viel Anklang finden. Althoff wollte ein Schülerkonzert veranstalten, das war schon eher etwas, Ilse meinte, man sollte einfach sammeln, Onkel Heinz aber sagte gar nichts; er schwieg zu allem und sah auf der Eisenbahnfahrt hartnäckig aus dem Fenster hinaus. Doch man war viel zu sehr mit dem neuesten Ereignisse beschäftigt und schenkte seiner Schweigsamkeit deshalb keine Beachtung. Die Vorschläge wurden nochmals überlegt und geprüft, bei dem einen war dies, beim andern jenes auszusetzen, so recht schien noch keiner zu gefallen, als Leo plötzlich auf den Einfall kam: eine Dilettantenvorstellung im Theater! Das Wort wirkte zündend, besonders auf Ilse, welche die Idee mit Begeisterung ergriff.

„Ein famoser Gedanke!“ rief sie ein über das andre Mal, und auch die übrigen stimmten ihr bei, ausgenommen Onkel Heinz, dessen spöttisches Zucken um die Mundwinkel Ilse glücklicherweise nicht bemerkte. Sie war Feuer und Flamme! Eine Dilettantenvorstellung war etwas ganz Neues, das mußte ziehen. Sicher würde man ihnen zu diesem guten Zwecke das Theater gern überlassen, meinte Leo, und Ilse drängte, daß er schon gleich morgen Schritte dazu thun sollte. Sie konnte es kaum mehr erwarten, bis die Geschichte in Gang kam. Nun aber war die wichtige Frage, die natürlich auch sofort erörtert wurde, „welches Stück?“ Das war gar nicht so einfach, denn was für Schauspieler gut und passend war, brauchte für Dilettanten noch lange nicht geeignet zu sein. Da gab es mancherlei zu bedenken und zu überlegen. Wenn der eine dies oder jenes Stück vorschlug, hatte wieder der andre alles mögliche daran auszusetzen, und so ging es fort, ohne daß sie zum Schluß kamen.

„Herr Professor, wissen Sie denn kein Stück, das Dilettanten spielen könnten?“ fragte Althoff endlich den schweigsamen Onkel Heinz, der die Telegraphenstangen zu zählen schien, so beharrlich sah er nach ihnen hinaus.

Da kam der Direktor aber an den Rechten; für Komödienspiel hatte der Professor nie viel übrig gehabt.

„Mit Theaterstücken weiß ich nicht Bescheid, ich habe mein Lebtag mehr zu thun gehabt, als solche Narrheiten zu treiben," war die scharf betonte Antwort.

Hu, wie grob! Aber Althoff kannte Onkel Heinz hinreichend und war weit davon entfernt, ihm seine unfreundliche Antwort übel zu nehmen. Er lachte darüber, und die andern lachten auch, bis auf Ilse, die dem Professor einen Blick zusandte, der sehr beredt war. –

Der Mond strahlte wieder ruhig und sanft, als die beiden Ehepaare und der schweigsame Hagestolz vom Bahnhof nach Hause gingen. Beim Anblick des milden Lichtes hoch über ihnen kehrte die Erinnerung an den gestrigen Abend lebhaft zurück und verdrängte für einige Zeit das letzte Erlebnis. Es war doch herrlich gewesen, draußen zu wandern im Mondenscheine, der heller, reiner gestrahlt hatte, als heute abend bei der nebligen Luft, die über der Stadt lagerte und ihn nicht zur vollen Wirkung kommen ließ. Matt lag er auf den Schieferdächern, auf den hellen Hauswänden und den grauen Straßen, an den erleuchteten Fenstern erlosch er ganz zum blassen Schimmer.

Onkel Heinz verließ die übrigen nach kurzem Gutenachtgrüße an der Straße, die nach seinem Hause führte. Einsam verhallten seine Schritte durch die stille Nacht.

*

Mit einem wahren Feuereifer betrieb Ilse die Vorbereitungen zu der Wohlthätigkeitsvorstellung. Leo hatte am Tage nach der Partie das Nötigste besorgt, und das Theater war ihm zu diesem Zwecke gern überlassen worden. Täglich wanderten Stöße von Büchern aus der Leihbibliothek in das Gontrausche Haus, jeden freien Augenblick benutzte Ilse, um zu lesen, zu wählen. Nachmittags kam regelmäßig Nellie, und der Abend wurde dazu verwandt, bei ihr oder Gontraus großen Kriegsrat zu halten. Und wen die Sache noch aufs höchste interessierte, das war Ruth! Mutter und Vater wollten Theater spielen, darin lag für sie ein großer Zauber! Schon einige Male war sie in Kindervorstellungen gewesen, dann hatte sie aber vor Aufregung nicht einschlafen können, und die nächsten Tage wurde nichts andres gespielt als Theater. Leo hatte schließlich verboten, sie wieder mitzunehmen, aber das, was sich in ihrem kleinen Hirne weiter fortspann, konnte er doch nicht verhindern. Heimlich stellte sie sich vor den Spiegel, ordnete die Haare phantastisch, sprach oder sang laut und begleitete Rede und Gesang mit lebhaftem Mienenspiel; so trieb sie es eine Zeitlang, bis andre Eindrücke diesen in ihrer jungen Seele verwischten. Doch jetzt erwachte der Sinn dafür plötzlich wieder aufs lebhafteste, sie horchte mit neugierigen Augen und Ohren auf alles, was die Eltern sprachen. Das glänzende Haus mit den vielen Lichtern, der geheimnisvolle Vorhang, der sich beim Klingelzeichen aufrollte und sie in eine Märchenwelt eingeführt hatte mit all ihrem bunten Glanz und Flimmer, das stand wieder deutlich vor ihrem Geiste, und sie war ganz erfüllt von dem Kommenden. Auch der Schwester versuchte sie etwas von den: zauberhaften Reize des Theaters beizubringen. Vergebens! Marianne sah sie mit ihren großen, blauen Augen verständnislos an, sie hatte mehr Sinn dafür, ihre Puppen wie eine richtige kleine Mutter zu hegen und zu pflegen. Ruth dagegen führte allerhand Komödien mit denen, die ihr gehörten, auf, und wenn das Personal zu ihren Vorstellungen nicht ausreichte, dann nahm sie in ihrem Eifer Mariannes Puppen, die meistens gerade schliefen oder krank im Bette liegen mußten, und schleppte sie aus ihrem behaglich stillen Leben mitten zwischen ihr Theatervolk hinein. Thränen, Streit und ein Richterspruch von Ilse bildeten meist den Schluß.

Nach langem Wählen hatte man sich endlich für drei Einakter entschieden: „die Jugendliebe“ von Wilbrandt, „das erste Mittagessen“ von Görlitz und „die Hochzeitsreise“ von Benedix. Die Stücke hatte man nun glücklich, doch jetzt kam etwas nicht minder Wichtiges, für das zu sorgen war, nämlich: die Darsteller. Mit wieviel Schwierigkeiten da zu kämpfen ist, kann nur derjenige nachfühlen, der einmal eine Dilettantenvorstellung zustandegebracht hat.

Im Geiste hatten Ilse und Nellie schon alle Rollen besetzt, und wie erstere glaubte, brauchte man nur an die Thüren zu klopfen, um gefällige

Mitwirkung zu bitten, und mit Freuden würde jeder einwilligen, sich für einen so guten Zweck herzugeben.

Deshalb wanderten auch die beiden Freundinnen – zu zweien geht so etwas viel besser – eines Tages wohlgemut los, um sich ihre Künstlerinnen zusammen zu holen.

Ihr Mut sank schon nach den ersten Versuchen um etliche Grad tiefer, und Ilse hatte sich bereits einige Male sehr energisch über die kleinlichen, engherzigen Ansichten der Menschen ergangen.

„Theaterspielen auf einer öffentlichen Bühne!" Das war fast in allen Häusern dasselbe Stichwort, und ein gewisses Nasenrümpfen dabei, als ob von den höheren Töchtern etwas Unerhörtes verlangt würde, brachte Ilses Blut in Wallung.

„Nein, meine Liebe," sagte z. B. Frau So und So, „das können Sie nicht von meinen Töchtern verlangen, sich der öffentlichen Kritik auszusetzen."

„Ja, aber Ihre Töchter reichten doch im Bazar Bier und belegte Brötchen herum," gab Ilse zur Antwort. „Haben sie sich denn da nicht auch der öffentlichen Kritik ausgesetzt?"

„Ja, sehen Sie, das war doch nicht im Theater, das ist etwas ganz andres."

Inwiefern das „etwas andres" war, konnte Ilse nicht herausbekommen, trotz einer längeren Erklärung der Dame, die es wohl selbst nicht wußte. Die beiden gaben jeden weiteren Versuch auf.

Eine junge Frau, welche aufgefordert wurde, meinte, das ginge doch nicht, daß sie sich auf einer öffentlichen Bühne zeigte, denn ihr Schuster, ihre Schneiderin könnten ja nachher sagen: „Gnädige Frau, was haben Sie aber schön gespielt!"

„O," erwiderte Nellie mit ihrem liebenswürdigsten Schelmengesicht, das sie stets aufsetzte, wenn sie einen besonders guten Trumpf ausspielte, „Sie brauchten sich doch darüber nur zu ärgern, wenn Ihr Schuster und Ihre Schneiderin fänden, daß Sie schlecht gespielt hätten."

„Ja, aber ich bitte, meinen Sie denn, daß mir überhaupt an dem Urteile solcher Leute etwas liegt?“ erwiderte die junge Frau pikiert. „Ich will mich nur ihrer Kritik nicht aussetzen.“

„Schuster und Schneiderinnen sind doch auch Menschen, und es ist doch keine Schande, ihr Urteil anzuhören,“ sagte Ilse, innerlich empört über solche Anschauungen.

Die junge Frau zuckte mit den Achseln und meinte, darüber dächte sie nun einmal anders.

Mit kühlem Gruße verabschiedeten sich die beiden.

„O, was ist sie verrückt,“ sagte Nellie laut lachend, als sie auf der Straße standen, aber Ilse war schon ganz kleinmütig geworden und wollte die Sache aufgeben. Sie kam sich vor, als ginge sie an den Thüren betteln und würde überall abgewiesen. Der gute Zweck allein hatte ihnen doch den Gedanken an eine Aufführung eingegeben, und mit freudigem Herzen hatten sie das Werk begonnen. Ilse war im höchsten Grade aufgeregt; beinahe fing sie an zu weinen und wollte schon die Flinte ins Korn werfen, aber die viel ruhigere Nellie gab die Sache noch lange nicht auf.

„O, so leicht geht das nicht; Fred meinte das gleich. Nur Mut, darling,“ tröstete sie.

Bei der nächsten Anfrage hatten sie denn auch wirklich mehr Glück; ja die Idee wurde sogar mit großer Begeisterung aufgenommen. Man that gern etwas für die armen Leute, von deren Unglück die Zeitungen schon viel berichtet hatten. Die Dame, welche ihre Zustimmung gab, die sich wie ein lindernder Balsam auf Ilses leidenschaftliche Erregung legte, war allerdings schon in den Jahren, wo ein junges Mädchen anfängt, ein „älteres junges Mädchen“ zu werden, aber im Vergleich zu ihren beiden noch älteren Schwestern und ihrer betagten Mutter blieb sie doch immer die jüngste und wurde „das Kind“ genannt. „Das Kind“ hatte eine schöngeistig angelegte Natur, sie dichtete sogar in stillen Stunden, hatte reges Interesse für das Theater, selbst – „mit vielem Talent“, wie die Schwestern einschalteten, – schon oft gespielt, und war gern bereit, eine Rolle zu übernehmen.

„Vielen, vielen Dank für Ihre liebenswürdige Zusage, Fräulein Born,“ sagte Ilse mit einem herzlichen Händedruck beim Fortgehen und versprach ihr, bald Nachricht zu geben, wann die Leseprobe stattfinden sollte.

„Das alte Fräulein kann die taube Tante in der Jugendliebe geben,“ sagte Ilse draußen zu Nellie, während das „alte Fräulein“ drinnen bereits mit der jungen Frau in der „Hochzeitsreise“ liebäugelte und die Schwestern sogar meinten, den Backfisch in der Jugendliebe könnte sie auch noch sehr gut spielen, sie hätte sogar das richtige Temperament dazu.

Ilse war hoch erfreut über den Erfolg in diesem Hause, sie dachte ja mit keinem Gedanken daran, daß dieser gefangene Fisch noch gewaltig im Netze zappeln würde, wenn sich ihm das Schicksal in Gestalt der „tauben Tante“ nahte.

Bei dem Doktor Schmidt, dem gemeinschaftlichen Hausarzte von Althoffs und Gontraus, klopften sie auch nicht vergeblich an. Die Eltern hatten nichts dagegen, und die beiden Töchter nahmen das Anerbieten mit großer Lebhaftigkeit auf; sie versprachen auch noch eine Freundin mitzubringen, ein frisches Mädchen, die gewiß gern eine Rolle übernehmen würde.

Der Rundgang konnte nun als beendigt gelten, da die Rollen so ziemlich besetzt waren. Für die Herren sorgten Althoff und Gontrau; bei ihnen ging es viel einfacher, als bei den Damen. Ein „Ja“ oder „Nein“, und die Sache war abgemacht.

Ilse und Nellie erzählten, als sie heimgekommen waren, beim Mittagessen ihren Männern die Erlebnisse des Vormittags. Ein klein wenig war Ilses Begeisterung, die vorher den höchsten Gipfel erreicht hatte, doch schon herabgesunken. Sie hatte geglaubt, ein jeder würde die Idee mit ihren Augen ansehen, und an etwaige Hindernisse, die in den Weg kommen könnten, gar nicht einmal gedacht. Nach der Leseprobe aber überzeugte sie sich noch mehr, daß eine Dilettantenaufführung zustande zu bringen nicht so schön und leicht ist, wie sie es sich ausgemalt hatte, und Leo mußte ihr immer wieder Mut einsprechen. Er übernahm die Regie, Althoff war Inspicient und Requisitenmeister.

Endlich fand die Leseprobe glücklich statt. Glücklich? Nein, das ist zu viel gesagt, denn glatt ging sie nicht ab. Die „taube Tante“ in der „Jugendliebe“ wurde mit Entrüstung von Fräulein Born zurückgewiesen, und die beiden Fräulein Schmidt zogen lange Gesichter, als ihrer Freundin, die sie doch erst eingeführt hatten, die reizende Backfischrolle der Adelheid in der „Jugendliebe“ gegeben wurde.

„Ach, das Dienstmädchen soll ich spielen?“ sagte Erna, die älteste Schmidt, im langgezogenen Tone, und ihre Schwester Mietze meinte, die Rolle der sanften "Betty“ in der „Jugendliebe“ passe ihr auch nicht recht und wäre doch zu kurz.

Da stiegen schon wieder Wolken auf, und erst, nachdem Leo ziemlich bestimmt seine Rechte als Regisseur geltend gemacht hatte, kam die Sache etwas in Gang.

„Ja, meine Damen,“ hatte er gesagt, „wenn Sie sich nicht in die Rolle fügen wollen, die ich Ihnen bestimme, dann wird aus der Geschichte nichts. Wir müssen vor einem großen Publikum auftreten und wollen uns doch nicht blamieren.“

Das war ziemlich deutlich, niemand wagte dagegen etwas einzuwenden, und es wurde mit verteilten Rollen gelesen. Ilse sollte die junge Frau im „ersten Mittagessen“ geben, Nellie die in der „Hochzeitsreise“; die beiden Ehemänner wollte Gontrau spielen. Althoff hatte es abgelehnt, aktiv mitzuwirken, aber er wollte bei den Proben zugegen und ein scharfer Kritiker sein.

Am Tage nach der Leseprobe erhielt Ilse zwei Briefchen. Ahnungslos öffnete sie dieselben, aber gleich darauf erschien sie beinahe weinend bei Leo, der gerade in der tiefsten Arbeit steckte, da er voraussah, daß ihm in den nächsten Tagen wenig Zeit übrig bleiben würde.

„Was giebt's denn schon wieder?“ fragte er ärgerlich über die Störung.

„Da, hier lies," rief Ilse. „Fräulein Born will die taube Tante nicht spielen, und dann schreibt mir auch Erna Schmidt, ihre Mutter wünsche nicht, daß sie als Dienstmädchen in die Oeffentlichkeit trete. Wenn sie später wieder mit den ihr bekannten Herren auf den Bällen zusammenträfe, könnte das zu Mißverständnissen führen. Was sollen wir nun thun? Es wird ja nichts, es wird sicher nichts, Leo! Laß uns die Sache aufstecken," jammerte sie.

Zur rechten Zeit erschien Nellie, und es gelang ihr im Vereine mit Leo, Ilse zu trösten und zu beruhigen, bis sie schließlich auf dem Standpunkt der beiden anlangte und sich mit ihnen zusammen über alles lustig machte, denn im Grunde genommen war es doch höchst amüsant, die Menschen auch mal bei solcher Gelegenheit kennen zu lernen.

Nellie überbrachte einen Vorschlag ihres Gatten, der mit Gontraus Einwilligung bereit war, einen Prolog zu verfassen.

„Herrlich, herrlich," rief Leo, „und wie wäre es, wenn wir Fräulein Born als Köder den Prolog gäben, damit sie uns dann die taube Tante spielt?"

„O, das thut sie, das thut sie gewiß!" meinte Nellie.

„Ja, und das Dienstmädchen im ›ersten Mittagessen‹, wer wird das übernehmen?" fragte Leo.

„Das spiele ich und gebe Erna Schmidt die junge Frau in demselben Stück," sagte Ilse plötzlich. „Die Rolle des Dienstmädchens ist ja eigentlich viel hübscher; daß ich daran nicht gleich gedacht habe!"

„O, wie schade, du würdest als junge Frau so nett sein," sagte Nellie. „Kann ich nicht das Mädchen spielen? Aber ein Dienstmädchen mit englischem Accent paßt doch wohl nicht?"

Nein, nein, wie Ilse sagte, sollte es bleiben, sie übernahm das Dienstmädchen.

Beide Freundinnen machten sich nun abermals auf den Weg, um die verlornen Kräfte wieder einzufangen.

Erna wollte mit Freuden die Rolle der jungen Frau geben, und mit einigem Zureden gelang es auch, Mietze zu überzeugen, daß die Rolle der sanften Betty in der „Jugendliebe“ zwar klein, aber doch sehr hübsch sei.

Gott sei Dank, das war in Ordnung gebracht!

Etwas schwieriger wurde die Situation bei Fräulein Born. Die jungen Frauen wurden von den beiden älteren Schwestern empfangen, das „Kind“ war in der Singstunde, mußte aber jeden Augenblick kommen. Steif und unnahbar saßen die beiden Fräulein Born da, und die Unterhaltung mit ihnen bereitete einige Verlegenheit. Die „taube Tante“ flog wie ein Fangball zwischen beiden Parteien hin und her. Die ältlichen Schwestern meinten, zu einer solchen Rolle sei denn das „Kind“ doch noch zu jung, warum gerade sie diese Rolle spielen sollte, während Ilse ihnen ziemlich heftig die Vorzüge derselben auseinandersetzte.

Das „Kind“ erschien, und mit aller Entschiedenheit wies sie die „taube Tante“ von sich, indem sie erklärte, überhaupt nicht mitspielen zu wollen.

„O,“ rief Nellie mit gut geheucheltem Bedauern, „mein Mann hat einen schönen Prolog gedichtet und hoffte, daß Sie ihn als Muse sprechen sollten; o, wie schade, daß Sie nicht mitwirken wollen.“

„Einen Prolog?“ fragte Fräulein Born einlenkend, und über ihr Gesicht ging es wie ein Leuchten. Sie sah sich im Geiste schon als Muse dastehen, weißes Gewand, klassischer Faltenwurf, grüner Epheukranz auf dem griechischen Haarknoten. Das war etwas, ja, das war das Richtige für sie!

Ohne langes Zögern gab sie ihr Jawort – wenn es auch leider noch nicht vor dem Altare war – und erklärte sich nun ohne weiteren Widerspruch bereit, die „taube Tante“ mit in den Kauf zu nehmen. Schließlich, damit tröstete sie sich, war es doch nur eine große Selbstverleugnung von ihr, die Rolle einer Alten zu spielen, und das würde man auch gewiß allgemein anerkennen.

Mit einem Seufzer der Erleichterung gingen die beiden jungen Frauen wieder aus dem Hause; vor diesem Gange hatten sie besonders große Angst gehabt.

Die Aufregungen, in welche ein lebhaftes Gemüt durch solche Vorbereitungen versetzt wird, blieben auch bei Ilse nicht aus; wachend und schlafend beschäftigte sie sich nur mit dem Theater, nachts hielt sie öfters längere Selbstgespräche, bald heiterer, meist aber angstvoller Art. Daß sie die Sache auf die leichte Schulter nahm, konnte man nicht behaupten, sie hatte eine große Angst, ob alles gut gehen würde.

Einige Proben waren bereits bei Gontraus im Hause gewesen, heute sollte nun die erste auf der Bühne stattfinden.

„Mutter, laß mich mitgehen," bettelte Ruth mit glänzenden Augen, aber Ilse wies ihre Bitte zurück. Kinder konnte man nicht auch noch gebrauchen, wo so wie so schon alles etwas kunterbunt herging, sie wurde deshalb bis zur Generalprobe vertröstet.

Laut weinend ging Ruth ins Kinderzimmer zu Marianne und klagte dieser leidenschaftlich ihr Leid, die so etwas nicht begreifen konnte. –

Das Theater, von der Bühne aus gesehen, kannte fast keiner der Mitwirkenden, und mit neugierigen Blicken wurde es deshalb gemustert. Heute trug es ein andres Ansehen, als wenn es abends bei den Vorstellungen im hellen Lichterglanze strahlte. Der Vorhang war hoch gezogen, dunkel und tot lag der Zuschauerraum vor ihnen, welchen sonst das vielköpfige Ungeheuer Publikum belebte, das auf den roten, jetzt mit grauen Hüllen überzogenen Samtsitzen saß und über die goldverzierten Brüstungen lehnte. Da wurde sonst geplaudert, gelacht, kritisiert, da sah man heitere Gesichter, wenn es ein Lustspiel gab, und traurige, wenn die Muse ernst war. Da wurden Blicke ausgetauscht, und manches Opernglas richtete sich nach dem Platze, wo ein blühendes junges Mädchenantlitz zu sehen war. Wie bekannt erschien das alles und doch wieder wie fremd! Man zeigte sich untereinander die Plätze, wo man auch oft gesessen und erwartungsvoll nach dem Vorhänge geschaut hatte, hinter dem sie nun diesmal selbst stehen sollten, um vor den neugierigen Blicken der großen Menge draußen zu erscheinen. Etwas Herzklopfen machte sich bei diesem Gedanken bemerkbar, einige beschlich schon heute das Lampenfieber. Und als man das Interesse der Bühne zulenkte – das waren nun also die

Bretter, welche die Welt bedeuten! Neugierig wurde die Bühne von allen Seiten betrachtet; nüchtern, öde, geschäftsmäßig sah es hinter den Coulissen aus, das hatten sich die meisten doch anders gedacht! Man mußte sich in acht nehmen, nicht über Geräte und Stricke zu stolpern, und wie grellfarbig erschienen die Coulissen, die abends beim Lampenscheine so wunderbar wirkten und die Natur täuschend nachahmten. Ein bühnenkundiger Herr zeigte die Donnermaschine, ließ es regnen und den Wind unheimlich heulen, erklärte den Schnürboden, stieg in die Versenkung und kam wieder herauf, und konnte die vielen wißbegierigen Fragen, die an ihn gestellt wurden, kaum alle beantworten. Aber trotz mancher Enttäuschung über das „hinter den Coulissen" blieb doch die Wirkung des gewissen „Etwas", was man Theaterluft nennt, nicht aus, die der eine mehr, der andre weniger empfand. Ilse atmete sie mit vollen Zügen ein; Fräulein Born aber war vor die Rampe getreten und probierte im Geiste ihre Stellung als prologsprechende Muse. Mit schwärmerischen Augen sah sie in das leere Haus!

Leo ließ eine Weile dem Treiben freien Lauf; die Neugierde mußte erst befriedigt sein, dann aber begann er mit der Probe. Die Nichtbeteiligten und Direktor Althoff saßen verteilt in den Parkettreihen, gespenstisch leuchteten die weißen Gesichter in der Dunkelheit.

Zuerst sollte der Prolog gesprochen werden. Das „Kind" überkam ein leises Zittern, als jetzt das Klingelzeichen ertönte und sie nun sprechen mußte. Leise, mit unsicherer Stimme fing sie an.

„Lauter, lauter," rief Leo aus den Coulissen hervor; als Echo ertönte im gleichen Augenblick dieselbe Mahnung von Althoff, und auch aus den hintersten Reihen des Parketts ließ sich eine Stimme vernehmen:

„Man versteht hier kein Wort, nichts ist zu hören!" Fräulein Born wurde verwirrt, fing an zu holpern und mußte auf Leos Geheiß noch einmal von vorn anfangen.

Sie war empört darüber! Zu Hause hatte sie den Prolog den Schwestern und der Mutter verschiedene Male vorgesprochen; sie waren entzückt gewesen und nun diese Zurechtweisungen! Als aber gar an ihrem

Ausdruck, an der Betonung, die sie über allen Zweifel erhaben glaubte, ohne Schonung herumgetadelt wurde, da brach es los; sie konnte die aufsteigenden Thränen nicht zurückhalten, das „Kind“ fing an, wie ein Kind zu weinen.

Siedendheiß überlief es Ilse, der Anfang war ja wieder gut! Doch es half nichts, der Kelch mußte geleert werden, wenn er auch noch so bitter war.

So lief sie denn hinter die Coulissen und suchte Fräulein Born auf, welche schluchzend in ihrer Garderobe saß.

„Aber ich bitte Sie um Gottes willen, liebes Fräulein, warum weinen Sie denn?“ redete ihr Ilse zu.

„Soll ich da nicht weinen, wenn ich öffentlich blamiert werde?“ gab das Kind außer sich zur Antwort.

„Aber das ist doch keine Blamage, mein Mann meint es doch gut,“ tröstete Ilse krampfhaft, aber ihre Worte waren in den Wind gesprochen.

„Es wäre bester, ich spielte gar nicht mit, wenn ich es doch zu schlecht mache! Gerade mein Vortrag wurde immer besonders gerühmt, und meine Schwestern fanden, daß ich den Prolog mit sehr viel Ausdruck spräche; aber wenn man nur Tadel und kein Lob hört, verliert man alle Lust.“

Ilse konnte gegen diesen Ausbruch, den sie einige Male unterbrechen wollte, nicht aufkommen, auch flossen die Thränen eher noch reichlicher, als zuvor.

In ihrer Verzweiflung ging sie zu Leo, der von der Unterbrechung keine Notiz genommen hatte.

„Um Gottes willen, sei vorsichtig mit deinen Aeußerungen“, sagte sie nervös zu ihm. „Die Born sitzt in der Garderobe und weint und will nicht mitspielen, du hast sie furchtbar beleidigt.“

„Ach, dann laß die alte Schachtel nur, sie spricht ja auch gräßlich,“ gab er eilig zur Antwort.

„Ja was sollen wir denn aber thun, wir haben doch keine andre!“

„Sie wird sich schon wieder trösten, Schatz,“ sagte Leo flüchtig; er hatte jetzt keine Zeit zu längeren Auseinandersetzungen, denn die Probe zur „Jugendliebe“ sollte im Augenblick beginnen.

Der Inspicient, Direktor Althoff, mußte verschiedene Male an die Thüre von Fräulein Borns Garderobe klopfen, bevor diese sich öffnete und das „Kind“ auf der Schwelle erschien, mit geröteten Augen und mit den Blicken einer erzürnten Göttin.

Ilse war froh, als die gekränkte Muse wieder sichtbar wurde, sie hatte schon geglaubt, daß dieselbe im Ernst ihre Drohung ausführen und nicht mitspielen würde. Leo, der auch jetzt nicht die geringste Notiz von dem Vorhergegangenen nahm, wies Fräulein Born ihren Platz an. Marionettenhaft that sie alles, was er sagte, und leierte die Rolle der „tauben Tante“ in einem Tone herunter, der genügend von ihrem innern Zustande zeugte. Sie hatte sich in eine Art von Resignation begeben, oder besser gesagt, sie „muckte“, wie ein störrisches Droschkenpferd, und selbst die Peitschenhiebe, deren Stelle in diesem Falle die Kritik ersetzte, konnten sie nicht aufrütteln.

„Viel mehr Ausdruck, die Taubheit muß besser zur Geltung kommen,“ rief Althoff ein über das andre Mal, und wirklich fing das „Kind“ auf einmal an, die „taube Tante“ sehr natürlich zu spielen, d. h. sie schien nichts von dem zu hören, was ihr gesagt wurde. Leo ließ sie denn für heute auch in Ruhe, als er merkte, daß alle seine Bemühungen vergeblich waren.

Ob nun der Stumpfsinn der „tauben Tante“ die andern Mitspielenden ansteckte oder ob es an sonst etwas lag, kurz es war kein Zug in der Geschichte. Steif und unbeholfen dargestellt, schlecht memoriert wurde das reizende Lustspiel zu einer Karikatur herabgezogen. Leo und Althoff mußten immer tadeln und verbessern; aber trotzdem wurde alles verkehrt gemacht; es war ein schrecklicher Wirrwarr. Der Backfisch, der in den ersten Proben zu den besten Hoffnungen berechtigt hatte, war heute abend unausstehlich; er fand den richtigen Ton nicht und wirkte manchmal geradezu albern. Leo bewahrte eine bewunderungswürdige

Geduld, er zeigte immer wieder, ließ immer wiederholen, während Althoff schon längst auf seinem Sitze unruhig hin und her rückte.

„O, wie soll das werden!“ sagte Ilse seufzend zu Nellie, der es bei dieser Probe auch etwas bänglich zu Mute wurde.

Die Liebesscene zwischen „Adelheid“ und „Ferdinand von Bruck“ fiel glänzend ins Wasser, bei jeder Annäherung des Liebhabers zuckte der Backfisch wie von einer Viper gestochen zusammen, und bei der schüchternen Umarmung steckte er die Miene eines Opferlammes auf und ließ das „Schreckliche“, ohne ein Glied zu rühren, über sich ergehen. Für die Zuschauer ein höchst spaßhafter Anblick, für Leo aber auf die Dauer eine Qual. Er hatte es unzählige Male selbst vorgemacht, er hatte zugeredet, scherzend, liebenswürdig, ernst, aber nun riß endlich sein Geduldsfaden, seine Stimme klang lauter, erregter, seine Worte wurden weniger gewählt.

„So geht das nicht, liebes Fräulein, wenn Sie –“, er verbesserte sich schnell und sagte: „wir so spielen, blamieren wir uns.“

Die „taube Tante“ zeigte eine schadenfrohe Miene bei dieser Zurechtweisung – Gott sei Dank war sie nicht die einzige, die so angefahren wurde; wenigstens ein schwacher Trost. Dem blonden Backfisch aber, der reizenden Freundin der beiden Schmidts, Erika Blum, stieg das rote Blut bis unter die hellen Haarwurzeln bei Leos Worten; einige Minuten später saß auch sie in der Garderobe, wie vorhin das „Kind“, weinend und schluchzend. Nummer zwei an diesem Abend.

Diesmal übernahm es Nellie, Trost zu bringen, aber Ilse war ihr gefolgt und ging nun erregt auf und ab, mit geteilten Gefühlen. Einesteils fand sie, daß Leo wirklich etwas zu barsch geworden war, andrerseits schien ihr die große Empfindlichkeit der Mitwirkenden geradezu lächerlich.

Das „Kind“ war auch hereingeschlüpft, mit ihr die andern jungen Mädchen, sie mußten doch ebenfalls alles sehen und hören, was da vorging.

„Ach, weine doch nicht, Erika," redete Mietze Schmidt ihr zu, „wir haben doch alle unser Teil bekommen, das nächste Mal werden wir es schon besser machen."

„Ja, es haben auch noch andre ihr Teil bekommen," sagte Fräulein Born mit spitziger Betonung und Beziehung. „Der Herr Gontrau nimmt gerade keine besondere Rücksicht."

„Na ich fürchte mich schon vor dem nächsten Stück, wenn ich dran komme," meinte Erna Schmidt. „Das kann heute noch gut werden."

„Aber ich bitte Sie, meine Damen," fuhr Ilse erregt dazwischen; „wenn Sie eben keinen Tadel vertragen können, wollen wir die Geschichte lieber aufgeben, die so viel Mühe und bis jetzt so wenig Freude macht."

„Ihr Herr Gemahl wird nicht zufrieden zu stellen sein," erwiderte Fräulein Born, indem sie dabei an den Prolog dachte, den sie nach ihrer Meinung doch ausgezeichnet gesprochen hatte. „Und ich spiele doch wahrhaftig nicht deshalb Theater, um mich nur zu ärgern; Ihr Herr Gemahl scheint zu glauben, daß er dumme Schulkinder vor sich hat."

Hierauf gab Ilse eine erregte Antwort und verteidigte den Angegriffenen mit der Heftigkeit, wie ungefähr eine Löwin ihr Junges verteidigt. Ein Wort gab das andre, die übrigen mischten sich mit hinein, schließlich sprachen alle durcheinander, und nur einzelne Schlagworte, wie „nicht mitspielen", „rücksichtslos" u. s. w., tauchten wie Froschköpfe in einem Teiche aus diesen Redewellen auf. Die Garderobe war nur eng und klein, für zwei Personen berechnet, jetzt aber liefen sechs aufgeregte Menschenkinder durcheinander, deren heftige Gestikulationen als groteske Schattenbilder an den weißgetünchten Wänden erschienen. Die hellen Gasflammen zu beiden Seiten des Spiegels und das dicht verhängte Fenster, durch welches kein Luftzug dringen konnte, verursachten eine wahrhaft tropische Hitze in dem Raume, und da war es denn kein Wunder, daß sich nicht nur die Gemüter, sondern auch die Köpfe erhitzten. Erika Blum saß auf dem einen der beiden einzigen Stühle, Nellie daneben auf dem andern und sprach ihr liebevoll zu. Die Thränen versiegten auch wirklich bald, und einige Male hatte sie sogar schon gelächelt.

Das Verschwinden der sämtlichen weiblichen Mitspielenden war schließlich Leo und Althoff aufgefallen; auch sollte mit dem zweiten Stücke begonnen werden. Als sie jetzt in den Gang eintraten, in welchen die Damengarderoben mündeten, hörten sie durch die Thüre ein lebhaftes Stimmengewirr, das sich von draußen wie das Summen von vielen, in einer Schachtel eingesperrten Maikäfern anhörte. Alles Rufen, Klopfen, Rütteln an der verschlossenen Thüre wurde von den eifrigen Streiterinnen vollkommen überhört; erst als das Klopfen zu einem donnerähnlichen Dröhnen anschwoll, glätteten sich die aufgeregten Wogen. Fräulein Borns Flacon, das sie stets, mit kölnischem Wasser gefüllt, bei sich trug, wanderte von einer zur andern, die Taschentücher wurden getränkt und mußten die Wangen kühlen. Dann erst wurde die Thüre geöffnet.

„Mein Gott, wo bleibt ihr denn?“ fragte Leo seine Frau etwas ärgerlich, aber er verstummte, als er in ihr bittendes und zugleich aufgeregtes Gesicht sah.

Die jungen Herren waren schon ungeduldig geworden und hatten nicht viel Zeit mehr, es mußte deshalb schnell zu Ende geprobt werden.

Auch die beiden andern Stücke wurden nicht viel besser gespielt; es herrschte durchweg keine besondere Stimmung, und so viel auch Leo redete und ermahnte, es ging eben heute nicht. Ilse spielte das Dienstmädchen im „ersten Mittagessen“ so tragisch, daß man über diese komische Rolle eher zu weinen, als zu lachen versucht war. Der Darstellerin war es aber auch keineswegs lustig zu Mute; bei den fortwährenden unangenehmen Zwischenfällen konnte man unmöglich seine gute Laune behalten. Die junge Frau, Erna Schmidt, mußte ebenfalls noch viel vertrauter mit ihrer Rolle werden, und Nellie sprach heute mit so starkem Accent, daß es weit bemerkbarer war, als man erwartet hatte. Leo als Professor, zwei Referendare als Famulus und Stiefelputzer in der „Hochzeitsreise“ ließen die unter Null gesunkene Hoffnung auf das

Gelingen der Aufführung durch ihr Spiel wieder etwas steigen; es wurde sogar einige Male herzhaft gelacht.

Ilse lachte nicht mit, sie war im höchsten Grade aufgeregt. Da – zwischen den Coulissen stand die Born, im Kreise um sie herum die andern; sie sprach und gestikulierte mit hochroten Wangen, und aus den Blicken, die oftmals nach Leo hinüberflogen, konnte man schließen, daß von ihm, und zwar nicht in der liebenswürdigsten Weise, die Rede war. Das alles bemerkte Ilse; am liebsten wäre sie hingegangen und hätte die zischelnde Gruppe gesprengt, aber sie hielt doch an sich. Sie war froh, als die Probe jetzt zu Ende war und sie mit Leo und Althoffs heimgehen konnte.

Der Direktor hatte unterwegs noch sehr viel auszusetzen, auch Ilse und Nellie mußten manche Rüge, manchen Tadel einstecken.

Immer höher schien der Berg zu wachsen, der sich heute abend schon als unüberwindliches Hindernis vor Frau Ilses Augen aufgebaut hatte. In sechs Tagen schon sollte die Aufführung sein – das war ja ein Ding der Unmöglichkeit! Und sie erzählte im Verein mit Nellie von den Scenen, die sich hinter den Coulissen, nämlich in der weiblichen Garderobe abgespielt hatten.

Leo brach in ein lautes Gelächter aus, und Althoff meinte, ohne Zank könne es bei den Weibern nun einmal nicht abgehen.

Ilse jedoch ließ ihren Thränen freien Lauf, sie war abgespannt und nervös von dem Tumulte der letzten Tage; es kam so vieles zusammen.

„O, darling, du mußt dir die Sache nicht so zu Herzen nehmen," beruhigte Nellie; „an allem ist die dumme Born schuld. O, was war sie giftig in der Garderobe!"

Aber der Freundin Kummer mußte sich austoben. Der einzige, der ihr recht gab und dergleichen auch höchst ärgerlich fand, war Althoff; er stimmte ihr vollständig bei, während Leo die Sache von der komischen Seite auffaßte.

„Paßt auf, morgen bekommen wir wieder einige Absagebriefchen," sagte Ilse, „und was machen wir dann?"

Leo lachte sie aus.

„Im Gegenteil, sie werden nach den heutigen Erfahrungen in sich gehen und sich die Sache überlegen; das Theaterspielen hat doch zu großen Reiz für alle. Komm, Schatz, und sei nicht so tragisch," sagte er liebevoll und zog sie in seine Arme.

Dennoch begab sich Ilse mit banger Sorge zur Ruhe, und in der Nacht litt sie an Alpdrücken. Sie träumte, daß sie in der engen Garderobe mit den andern zusammen, wie in einer Sardinenbüchse hermetisch eingeschlossen sei. Die Born, „das Kind", hatte eine Teufelsmaske vor dem Gesicht und Krallen an den Fingern; dabei kam sie ihr so nahe, daß sie fürchtete, erdrückt zu werden; auch konnte sie keinen Atem holen, weder rückwärts noch vorwärts sich bewegen, nicht schreien oder rufen – es war ein entsetzlicher Zustand. Dann wieder standen sie auf der Bühne, die Vorstellung sollte beginnen, das Publikum wurde bereits ungeduldig, aber nichts war in Ordnung, niemand war zur Stelle; Ilse konnte kein Wort von ihrer Rolle, die Klingel ertönte, der Vorhang hob sich. Gott sei Dank, in diesem Augenblicke der höchsten Qual erwachte sie. Die helle Frühlingssonne schien herein, und durch die offenen Fenster strich erquickend die frische Morgenluft. Vor ihrem Bette standen die Kinder, Ruth mit einem Veilchenstrauße in der Hand, den sie eben aus dem Garten geholt hatte. Wie himmlisch war das Erwachen nach einem so bösartigen Traume! Sie wollte nun auch den ganzen Morgen nichts von der Theaterangelegenheit hören. Nachdem sie sich angezogen hatte, ging sie mit Ruth und Marianne hinaus in den lachenden Frühlingsmorgen. Seit einigen Tagen war sie nur im Hause gewesen oder in der staubigen Stadt umhergelaufen, da hatte sie nicht bemerken können, wie weit das Grünen und Blühen draußen gediehen war. Und die Kinder hatten ihr so viel zu erzählen – sie kam sich als eine ganz schlechte Mutter vor, weil sie die Kleinen in der letzten Zeit etwas hatte vernachlässigen müssen. Aber bald würde alles vorbei sein, und dann war sie wieder ganz ungeteilt für sie allein da.

Auch von Onkel Heinz war die Rede, Ruth hatte ihn einige Male besucht, aber seine Thüre war verschlossen gewesen.

Onkel Heinz! Selbst für den alten Freund hatte Ilse in diesen Tagen keinen Gedanken übrig gehabt; es war ihr nicht einmal ausgefallen, daß er sich nach der Partie noch nicht hatte sehen lassen. Einesteils aber war sie ganz froh darüber, denn jetzt auch noch seinen Spott zu hören, hätte sie nicht ertragen, und an Spott würde er es sicher nicht haben fehlen lassen.

Der Spaziergang that ihr ungemein wohl und beruhigte ihre aufgeregten Nerven. Sie besuchte auch Nellie, die ihr blondes Patenkind Marianne bis zum Abend bei sich behielt. Auf dem Rückweg begegnete ihnen Rosi.

„Nun, ich höre, ihr wollt Theater spielen?“ fragte sie mit einem leisen Anflug von Spott in der Stimme. Wie die Pastorin darüber urteilen würde, konnte sich Ilse ganz genau denken, dennoch ärgerte sie die Art, in welcher Rosi danach fragte.

„Es ist nur gut, daß ihr es wenigstens für einen guten Zweck thut,“ fuhr sie fort; „mein Mann hat auch schon für die armen Leute sammeln lassen.“

Das „nur gut“ und „wenigstens“ brachte Ilses Blut in Wallung, aber sie bezwang sich und fragte: „Ihr kommt doch auch?“

„Ich weiß noch nicht, ob Adolf Zeit hat.“

Innerlich war sie fest entschlossen hinzugehen; die Neugierde war doch zu groß und siegte über die sonstige Abneigung gegen das Theater.

Vor der nächsten Probe hatte Ilse eine förmliche Angst. Doch es schien wahrhaftig, als sollte Leo Recht behalten. Man hatte besser gelernt, die Bewegungen waren freier, ungezwungener, das Sprechen ging flotter, und nachdem die größten Schwierigkeiten überwunden waren, stellte sich auch die Lust und Begeisterung wieder ein.

Das „Kind“ hatte sich diesmal ihre beiden Schwestern mitgebracht, und trotzdem es andern als den Mitspielern untersagt war, an den Proben teilzunehmen, mußte man sie dulden, da man sie doch nicht hinausweisen konnte.

Wie zwei gestrenge Wächterinnen nahmen sie in der ersten Parkettreihe Platz und blieben dort den ganzen Abend über sitzen.

Täglich wurde jetzt geprobt, und allmählich trat die richtige Stimmung ein, wie sie sonst in Dilettantenproben zu herrschen pflegt. Es wurde gelacht, gescherzt und Unsinn getrieben, und man nahm sich auch laute Kritiken nicht mehr übel.

Sogar Fräulein Born hatte sich mit der „tauben Tante“ etwas angefreundet und behandelte sie nicht mehr so gleichgültig; auch der Backfisch war bei der „schrecklichen Umarmung“, wie sie es nannte, etwas gefühlvoller als das erste Mal.

So war man glücklich bis zur Generalprobe gelangt, die wie gewöhnlich nicht zum besten verlief. Am Tage danach sollte die Ausführung stattfinden.

Es herrschte keine geringe Aufregung unter den Mitwirkenden, und doch konnten sie kaum die Zeit erwarten, bis der Abend erschien und sie zur verabredeten Stunde ins Theater gehen konnten. Um ½6 Uhr sollte man dort sein, als aber Ilse und Nellie gleich nach 5 Uhr eintrafen, fanden sie fast alle schon versammelt, und ein reges Leben und Treiben war im Gange.

Das helle Tageslicht drang nicht in diese Räume; wo ja ein lichter Strahl von draußen sich herein verirren konnte, wurde er durch dichte Vorhänge daran verhindert. In dieser Welt des Scheins regierten nur die Gasflammen.

Von der Bühne her tönte Sprechen und Hämmern. Ilse lief schnell erst einmal dorthin, um Leo zu begrüßen, der mit Althoff zusammen noch alle möglichen Anordnungen zu treffen hatte. Es bebte ihr das Herz, wenn sie daran dachte, daß sie binnen wenigen Stunden hier stehen sollte, und doch – welcher Zauber lag in dem Gedanken!

In den Damengarderoben schwirrte es durcheinander von erregten Stimmen. Die Thüren standen offen; man ging bald hier-, bald dorthin; die Toiletten wurden nochmals einer genauen Prüfung unterworfen, diese und jene kleine Aenderung vorgenommen, und eine Wolke von Schminke- und Parfumduft lagerte über dem Ganzen. Das „Kind“ saß im Frisiermantel in seiner Garderobe mit aufgelöstem Haare, das die eine der beiden Schwestern mit Bürste und Kamm bearbeitete, während die andre geräuschvoll ein Ei mit Zucker in einem Glase zusammenquirlte. Das war gut für die Stimme und wurde der Erregten löffelweise eingegeben; außerdem standen noch eine Flasche Wein auf dem Tische und ein Teller mit belegten Brötchen, um die Kräfte der vom Lampenfieber Ergriffenen zu erhalten. Die Rolle hielt sie krampfhaft in den Händen und memorierte fortwährend.

„Unsre arme Schwester ist so erregt,“ sagte das älteste Fräulein Born, als Ilse jetzt eintrat, um Gutenabend zu sagen. „Aber sie braucht doch wahrhaftig keine Angst zu haben, wer seine Sache so gut kann wie sie!“

„O, Angst habe ich auch nicht, liebe Anna, du lieber Gott, wie oft habe ich schon Theater gespielt,“ fuhr das „Kind“ dazwischen.

Und in der That, was das „Können“ betrifft, hatte sie keine Angst, so etwas fühlten nach ihrer Meinung nur gewöhnliche Sterbliche, Künstlerseelen, wie sie, waren über dergleichen erhaben. Sie hatte keine Ahnung, daß selbst die größten Künstler das Lampenfieber niemals ganz verlieren, und daß, wenn man sie auf den Brettern so sicher und selbstbewußt auftreten sieht, diese Ruhe schwer erkauft ist. Dem wahren Künstler bleibt die Kunst stets ein Ringen, ein Kampf, denn nur er kennt die Schwierigkeiten, über welche der Dilettant in sorgloser Unwissenheit hinwegschreitet.

In den Garderoben der jungen Mädchen herrschte ein lustiges Durcheinander. Auch hier erwiesen sich Mütter und Tanten als helfende Engel; es gab ja so vielerlei zu thun. Erika Blum ließ sich noch einmal ihre Rolle überhören; besonders die eine dumme Stelle, wo sie immer stecken blieb; der Souffleur hatte sich schon einen dicken Strich darunter machen müssen. Wenn es nur heute abend gut ging! Sie sah übrigens reizend aus, die hübsche Erika. Das blonde Haar hing nach Backfischmanier als dicker blonder Zopf über den Rücken herunter und wurde von einer rosaseidenen Schleife zusammengehalten. Von derselben Farbe war das duftige Kleid, das sorgfältig ausgebreitet über dem Stuhle lag. Das wichtige Geschäft des Ankleidens mußte nun beginnen, denn schon war der Friseur hinter Fräulein Borns Thüre verschwunden und würde gleich zu den andern kommen.

Die letzten Stunden in der Damengarderobe vor einer Dilettantenaufführung würden einem objektiven Beobachter eine Fülle von komischen Eindrücken bieten. Da löst sich alles in ein buntes Chaos auf; von menschlicher Nächstenliebe ist nichts mehr zu bemerken, statt dessen kommt der Egoismus zu Tage, jeder denkt nur an sich selbst, jeder möchte zuerst fertig sein, zuerst den Friseur haben, zuerst geschminkt werden; das ist ein Rufen, Fragen, Schwatzen ohne Ende!

In der Garderobe von Erika Blum und den Schmidtschen Mädchen führten zwei Mütter einen heftigen Wettkampf auf, denn jede wollte, daß ihre Tochter die schönste sei, und trotz des Eifers und der großen Eile flogen doch verstohlene, prüfende Blicke hinüber und herüber.

Jetzt erschien der Friseur mit Schminke und Puderbüchse; er wurde sofort förmlich umringt.

„Bitte, erst mich, ich komme zuerst dran."

„Meine Haarfrisur hält aber solange auf. Sie müssen mich zuerst frisieren!"

„Sehen Sie doch, bitte, ich habe mich schon selbst geschminkt; ist es so richtig, oder muß der schwarze Strich unter den Augen stärker sein?"

Der parfümierte Jüngling konnte sich vor so vielen Fragen und Anforderungen kaum retten, hilfeflehend sah er von einer zur andern; endlich schoß Erika den Vogel ab; sie wurde die erste.

„Nur nicht so rote Backen," sagte sie, denn schon im gewöhnlichen Leben waren ihre frischen Farben ihr größter Kummer, sie fand es interessanter, etwas blaß auszusehen. Endlich war sie fertig und kam sich mit dem angemalten Gesicht wie ein Puppenkopf vor, aber der duftende Haarkünstler versicherte immer wieder, daß sie ausgezeichnet „wirken" würde, und die Freundinnen fanden den Backfisch Erika „reizend, süß, entzückend!“ Auch Frau Dr. Schmidt sagte der Mutter von Erika viel Angenehmes über das reizende Töchterchen, und Frau Blum behauptete mit gleicher Liebenswürdigkeit, daß Erna und Mietze doch noch viel hübscher aussähen.

In demselben Augenblicke flog die Thür auf, das zweite Fräulein Born stürzte aufgeregt herein, und der Friseur wurde noch einmal zum „Kinde“ zurückgeholt, denn die blonde klassische Perücke hatte sich verschoben, als sie den Epheukranz darin befestigen wollte; außerdem war das Schminken noch nicht zur vollen Zufriedenheit ausgefallen.

„Gott, Sie sind schon alle fertig?“ fragte Fräulein Born ängstlich, als die jungen Mädchen jetzt zu ihr kamen und auch Ilse in ihrem einfachen Dienstmädchenkleid erschien.

„Aber Sie fassen doch Ihre Rolle zu realistisch auf, liebste Frau Gontrau, sich so rote Arme zu schminken!“ bemerkte sie leichthin zu Ilse, wandte dann aber sofort ihre Aufmerksamkeit wieder sich selbst zu. „Bitte, nun sagt mir mal ehrlich, sehe ich wirklich nicht gräßlich aus?“

Daß diese Frage nicht im Ernste gestellt war, daran zweifelte keine von den Gefragten, sie selbst aber am wenigsten, denn sie lächelte ihrem Spiegelbilde wohlgefällig zu, und ihre beiden Schwestern versicherten fortwährend, wie reizend sie aussähe. Dabei legten sie immer wieder die weichen Falten des Gewandes zurecht, wenn sie sich bei den unruhigen und keineswegs klassischen Bewegungen seiner Trägerin verschoben.

Wirklich war denn auch mit dem Kinde eine vorteilhafte Verwandlung vor sich gegangen. Die blonde Perücke, die Schminke und das griechische Gewand hatten Wunder vollbracht und ihr ein jugendliches Ansehen verliehen, das sie sonst im Leben nicht mehr besaß. Für die übrigen hatte die aufgeregte Muse nur wenig Zeit und Interesse, herablassend klopfte sie Erika auf die Wange.

„Wie niedlich Sie aussehen. Kleine; na, da werde ich als alte Tante schön von Ihnen abstechen!“

Und mißmutig glitten ihre Blicke über das graue Kleid der „tauben Tante“, das schlaff und dunkel an der weißen Wand hing. Dahinein mußte sie nachher und ihr poetisches Gewand mit diesem unkleidsamen vertauschen, es war eigentlich zu ärgerlich.

Aus ihren Betrachtungen wurde sie durch die elektrische Glocke gerissen, deren schriller Klang wie ein Zauberzeichen wirkte. Jetzt wurde es Ernst, jetzt mußten alle Gedanken zusammengenommen werden. Nur noch ein prüfender Blick in den Spiegel.

„Liebste Anna, noch etwas Puder auf den Hals – noch eine Haarnadel – schnell – hier diese Falte bauscht sich doch zu sehr, stecke sie lieber fest. Mein Gott, sitzt denn wohl alles ordentlich?“

Annas Hände flogen, während die andre Schwester mit dem roten Stärkungstranke bereit stand. „Nur einen Schluck,“ drängte sie und hielt der Muse das volle Weinglas an die Lippen.

„Vorsichtig, vorsichtig, daß die Schminke nicht abgeht,“ gebot das Kind, – dann rauschte es hinaus.

Die andern waren schon auf der, zu einem Garten verwandelten Bühne versammelt. Man drängte sich an die kleinen Löcher im Vorhang, um ins Publikum sehen zu können, man entdeckte Verwandte, Freunde und Bekannte in dem lichterstrahlenden Raume, der fast schon ganz besetzt schien, und doch strömte es noch fortwährend herein. In der ersten Reihe saßen die beiden Gontrauschen Kinder. Ruths Augen starrten groß und erwartungsvoll auf den bunten Vorhang; sie malte sich aus, wie es wohl jetzt dahinter aussehen mochte; denn während der Generalprobe hatte sie einen Blick in die Coulissen thun dürfen – o, das war eine Wonne gewesen!

Wie fernes Meeresrauschen tönte das Stimmengewirr im Zuschauerraume zu den Mitwirkenden hinter den Vorhang. Dann und wann konnte man eine besonders laute Stimme heraushören, oder ein kurzes helles Lachen, dazwischen tönten einzelne langgezogene Geigenstriche aus dem Orchester, das seine Instrumente stimmte.

Alle diese Geräusche verstummten augenblicklich, als das Klingelzeichen zum Beginn ertönte und mit vollem harmonischen Akkord die Musik einsetzte.

Nur wer einmal eine solche Aufführung mit durch gemacht hat, kann die allgemeine bange Stimmung der letzten Minuten, bevor sich der Vorhang zum ersten Male hebt, nachfühlen!

Die Bühne, auf der noch lachende, plaudernde Gruppen umherstanden, wurde im schnellsten Laufschritte verlassen, als die Glocke ertönte; voll Spannung standen nun alle hinter den Coulissen und warteten. Eiskalte Hände und Füße, hämmerndes Herzklopfen, momentane vollständige Gedächtnislosigkeit, Zittern in allen Gliedern, das waren die Symptome des Lampenfiebers, welches, trotz aller Prahlerei vorher, doch alle mehr oder weniger ergriffen hatte.

Die Ouvertüre neigte sich ihrem Ende zu, jetzt, jetzt verhallte der letzte Ton, noch ein Klingelzeichen, dann ein leises Rauschen wie ein Flügelschlag, – der Vorhang ging in die Höhe.

Das Gefühl, welches Fräulein Born beim Beschreiten der Bühne hatte, war demjenigen sehr ähnlich, welches man empfindet, wenn man sich in den Marterstuhl eines Zahnarztes niederläßt. Vor ihren Augen tanzte das vielköpfige Publikum wie in einem Kaleidoskop durcheinander. Die ersten Worte blieben ihr fast in der Kehle stecken und kamen nur als Flüstern über die Lippen. Aber mehr und mehr schwand die Befangenheit, die Stimme wurde lauter, und ohne besonderen Zwischenfall ging alles vorüber.

„Einige falsche Betonungen, zuviel Pathos," kritisierte Leo hinter den Coulissen, aber das Publikum nahm die herzlichen Worte doch sehr warm auf, und wie Sphärenmusik klang das laute Händeklatschen an das Ohr des „Kindes", als der Vorhang gefallen war. Zweimal mußte er sich wieder heben, zweimal durfte sie sich tief verbeugen – wer kann die Wonne eines solchen Augenblicks beschreiben!

Mit geöffneten Armen und einem dicken Tuche empfing Schwester Anna die tief Bewegte, während die andre schon wieder den bewußten Labetrank bereit hielt.

„Schnell, schnell umkleiden," rief Leo ihr zu, und nun kam sie sich wirklich wie eine große Künstlerin vor, als an allen Ecken und Enden helfende Hände bereit waren, die Muse in die „taube Tante" umzuwandeln. Hinein mußte sie ins prosaische Alltagskleid, auf die gepuderten Haare wurde ein Spitzenhäubchen gesteckt. Der Friseur tänzelte um sie herum, und unter seinen flinken Händen entstand ein würdiges Matronenantlitz.

„Hier noch einige Falten, meine Schwester sieht noch viel zu jung aus," sagte Anna und zeigte mit dem Finger auf deren Stirn.

„Nein, nein, keine künstlichen Falten, es wird sonst zu viel," erwiderte der gelockte Jüngling und besah prüfend sein Werk, hier und da noch einen kleinen Strich aufsetzend oder mit dem Puderquast tupfend.

„Lassen Sie nur, Sie können gehen," sagte das Kind, mit hoheitsvoller Miene sich erhebend, und nannte ihn, als er draußen war, einen widerlichen, unverschämten Menschen.

Die „Jugendliebe" wurde gut und flott gespielt, die blonde Erika entwickelte viel mehr Temperament, als in irgend einer der Proben, und auch die Umarmungsscene geriet weit natürlicher als bisher. Mietze Schmidt und ihr komischer Liebhaber paßten vortrefflich zusammen, und die „taube Tante" hörte es mit Genugthuung an, wie man über ihre Schwerhörigkeit lachte.

Der Beifall war geradezu stürmisch, als das reizende Lustspiel zu Ende war, und als Erika auf der Bühne erschien, flog ein wundervoller Strauß, ganz aus Rosen und Maiblumen bestehend, zu ihren Füßen nieder. Galant überreichte ihn Ferdinand von Bruck der Gefeierten, und trotz der Schminke konnte man doch bemerken, wie tief sie errötete.

„Von wem, von wem?" rief und fragte es durcheinander, als sie hinter den Coulissen erschien. Sie konnte kaum die Karte lesen, die in den

Blumen steckte, und auf welcher nur die Worte standen; „Der reizenden Adelheid“, so eilig hatten es die übrigen, den Strauß zu sehen und zu bewundern. Er wanderte von einer Hand in die andre, und die zarten Maiblumen fingen bereits an ihre Glöckchen zu senken, als sich so viele Nasen darüber beugten. Dieser Strauß war ein Ereignis, und wer ihn wohl geschickt haben mochte, darüber zerbrach man sich die Köpfe. Erika mußte viel mit anhören. Sie wußte ja natürlich, von “wem“ diese Blumenspende kam, sie wollte es nur nicht sagen, und was dergleichen Reden mehr waren.

Fräulein Born aber meinte, anonyme Geschenke dürfe ein junges Mädchen eigentlich gar nicht annehmen, sie fände es wenigstens nicht schicklich und würde es sicher nicht thun.

Erika wurde es bei dem vielen Hin- und Herreden ganz unbehaglich zu Mute, sie wünschte schon, sie hätte die Blumen lieber nicht bekommen, die jetzt die Ursache so heftiger Debatten waren, und hielt die duftenden Blüten ganz traurig in der Hand, als ihr Nellie zuraunte, sie möge sich nur ja darüber freuen, die andern wären alle nur neidisch auf sie.

„Wahrscheinlich wieder so eine Anbändelei von der Erika; sie hat eben doch ein etwas leichtes Wesen,“ sagte das Kind später zu den Schwestern, und die hübsche Erika wurde von den dreien tüchtig durchgenommen und zerlegt. Der Refrain lautete immer: „Es ist schade um das hübsche Mädchen!“

Als Ilse im „ersten Mittagessen“ in ihrer Dienstmädchenrolle erschien, erklang plötzlich das helle Lachen einer Kinderstimme laut durch das Haus. Es war Marianne, welche ihre Mama in diesem Anzuge zu komisch fand und sich gar nicht darüber beruhigen konnte, bis Ruth sie energisch am Aermel zupfte und zur Ruhe verwies.

Uebrigens kam auch das Publikum nicht aus dem Lachen heraus bei der wirklichen Komik, die Ilse in ihrem Spiel entfaltete; sie wurde sogar einige Male bei offener Scene gerufen. – Es war nun schon eine gewisse Dreistigkeit über die Mitspielenden gekommen, man zitterte nicht mehr, wenn der Vorhang in die Höhe ging, sondern fühlte sich schon ganz heimisch auf den Brettern, und in den Pausen wurde auf der Bühne nach der Musik getanzt. Freunde und Bekannte erschienen hinter den Coulissen, lobten die Darsteller, überbrachten die Kritiken aus dem Publikum – natürlich nur die guten – und besahen neugierig sich das bunte Treiben.

„Sie spielen aber wirklich famos, deine Freundin Ilse hat viel Talent," sagte auch der Pastor im Parkett zu Rosi, die einige Male gelächelt hatte, aber zu einem wahren Genüsse nicht gekommen war.

„Passend finde ich es nicht, daß eine Frau noch Theater spielt," warf sie ein, „aber freilich, Ilse und Nellie denken über so etwas anders!"

Die Betonung dieser Worte ließ erraten, welchen Sinn sie hineinlegte.

„Aber bedenke doch den guten Zweck, Röschen; sie nehmen eine Menge Geld ein für die armen Abgebrannten," meinte ihr Mann und sah sich in dem vollen Hause um.

Es war bis auf den letzten Platz besetzt – lauter mitleidige, wohlthätige Seelen? Wenn mit einem Schlage die Beweggründe eines jeden auf seiner Stirn zu lesen gewesen wären, die ihn heute abend ins Theater geführt hatten, so würde wahrscheinlich bei vielen die Neugierde über die Wohlthätigkeit den Sieg davon getragen haben. Gute Bekannte in der Oeffentlichkeit wirken zu sehen, hat ja immer einen großen Reiz.

Zum dritten und letzten Male ertönte jetzt die Klingel. Die „Hochzeitsreise" von Benedix wurde fast noch flotter als die andern Stücke gegeben. Nellie und Leo spielten das Professoren-Ehepaar, und ebenso wie diese waren die andern Rollen, sowohl der Famulus und der Stiefelputzer, als das Kammermädchen, vorzüglich besetzt. Der Beifall war ein großer, und zum Schlusse mußten die Spielenden vier- bis fünfmal erscheinen; unermüdlich rührten sich die Hände der Zuschauer, und einzelne Begeisterte dankten sogar mit lauten Bravorufen. –

Nun war alles vorbei! Der eiserne Vorhang rasselte herab, die beiden Welten wieder voneinander trennend. Die Lichter erloschen in dem leeren Zuschauerraume, und den roten Samtsitzen wurden die grauen

Kappen übergezogen. In den Garderoben hantierte man eifrig mit Cold Cream, Seife und Waschwasser; damit wurde das blendende Theatergesicht bearbeitet und wieder in das alltägliche verwandelt.

Mit wehmütig zärtlichen Blicken betrachtete das „Kind“ ihr griechisches Gewand, das die Schwestern soeben sorgfältig in den Korb einpackten. Wie schade, daß der schöne Traum aus und die lustige Zeit vorbei war! Das bedauerten auch alle andern, indem sie dem Ehepaare Gontrau einstimmig versicherten, wie herrlich das Theaterspielen gewesen sei.

Ilse schien aber doch ganz froh darüber zu sein, daß die aufgeregte Zeit ein Ende hatte, so sehr sie auch mit Leib und Seele dabei gewesen war – vielleicht zu sehr, denn bis zum letzten Augenblicke hatte sie noch immer gezweifelt, ob es gelingen würde und geseufzt: „Ach, wenn es nur gelingt.“

Und wie war es gelungen! Für allen Aerger im Anfang, für alle Mühe, war der Lohn wenigstens nicht ausgeblieben, und man konnte den Obdachlosen 800 Mark übermitteln; das war doch ein gutes Ergebnis. Ein rührendes Dankschreiben vom dortigen Pastor traf sofort danach ein, welches die Runde unter denen machte, die mitgewirkt hatten. Es war doch ein schönes Gefühl, für ein gutes Werk etwas gethan und dazu beigetragen zu haben, so viel Jammer und Elend zu lindern.

In den ersten Tagen nach der Dilettantenaufführung gab es natürlich nur dies eine Thema, wenn Gontraus Bekannte sahen und trafen. Bei den meisten klang die Kritik überraschend ähnlich, da sie sich eben nur in Gemeinplätzen bewegten. Einige schmeichelten dagegen so verständnislos, daß man genau wußte, hinter dem Rücken sprachen sie ganz anders. Nur wenige äußerten ein Urteil, dem man entnehmen konnte, daß sie in die Sache eingedrungen waren; auch daß sie dies oder jenes tadelten, sich manches anders gewünscht hätten, war ein Beweis, daß man der Wahrheit ihrer Worte trauen konnte. Den größten Spaß bereitete es Ilse und Nellie, wenn sie die oft zutreffende Kritik aus den untern Volksschichten hörten; wie sehr würde darüber die betreffende Dame, welcher gerade dieser Umstand einen triftigen Grund abgegeben hatte, nicht mitzuwirken, die Nase gerümpft haben. –

Fritz war am Tage nach der Aufführung heimlich in aller Eile gekommen und hatte sich von Ruth erzählen lassen, denn er selbst war natürlich nicht im Theater gewesen. Rosi behandelte ihn überhaupt jetzt unerbittlich strenge, die Erholungszeit wurde ihm sehr knapp zugemessen und auf jedes mangelhafte Extemporale eine empfindliche Strafe gesetzt. „Es muß und soll etwas Tüchtiges aus dem Jungen werden," sagte Rosi zu Tante Emilie; „wenn Adolf eben zu schwach ist, werde ich die Erziehung allein in die Hand nehmen."

Tante Emilie hatte diesen Ausspruch mit beifälligem Kopfnicken begleitet und gab dann mit vieler Wichtigkeit ihre Ansichten über Kindererziehung zum besten, die in der Theorie nichts zu wünschen übrig ließen, jedoch in der Praxis wohl zu einem kläglichen Resultate geführt haben würden. Aber für Rosi war so etwas wie ein Evangelium. Oftmals fragte sie sich, warum ihre Erziehung bei Elisabeth so herrlich einschlug und bei Fritz so ganz und gar nicht? „Weil du ihn nicht verstehst, weil du auf seine Eigenheiten nicht eingehst," hätte man ihr zur Antwort geben müssen. Bei Tante Ilse fühlte er sich so wohl, sie hatte Verständnis für den aufgeweckten Jungen und war ihm ebenso zugethan, wie ihn Ruth liebte, die sich dagegen mit Elisabeth durchaus nicht anfreunden wollte. Das stille Mädchen erregte stets ihren Widerspruchsgeist; mit dem feinen Instinkt, den Kinder besitzen, hatte sie deren schwache Seiten längst erkannt, und zwischen den beiden war ein ewiger Kampf. Rosi nannte Ruth ein herrschsüchtiges Kind, Ilse dagegen fand Elisabeth unsympathisch.

Fritz hörte mit offenem Munde Ruths Erzählung über das Theaterspielen an. Ach, das mußte doch herrlich gewesen sein, wenn er es doch auch hätte sehen können! Einige Darsteller ahmte Ruth so deutlich nach, daß selbst Ilse, die eben dazu kam, darüber lachen mußte, und dann berichtete sie, welche Gesichter die Zuschauer gemacht und was die Leute gesagt hätten. Aber warum mochte wohl Onkel Heinz nicht dagewesen sein? Sie hatte ihn vergeblich auf allen Plätzen gesucht. Das fragte sie jetzt die Mutter.

Ilse lächelte zu dieser Frage. Daß sich Onkel Heinz solchen „Mummenschanz“, wie er es nannte, nicht ansehen würde, hatte sie wohl gewußt, aber auffallend war es, daß er sich gar nicht sehen ließ. War er noch böse? Sie hatte darüber in den letzten Tagen wenig nachdenken können, aber jetzt kam ihr der Gedanke plötzlich, und alles stand wieder deutlich vor ihrer Seele; der Streit mit ihm, seine Schweigsamkeit den ganzen übrigen Tag, sein kurzer Abschied am Abend und dann sein Fortbleiben. Sonst vergingen kaum einige Tage, ohne daß er kam – natürlich: „er brummte wohl mal wieder!“

„Ach Gott, was doch solche Junggesellen empfindlich sind,“ sagte Ilse später zu Leo, als sie mit ihm darüber sprach und auch er die Meinung äußerte, daß der Professor zürne. “Ja natürlich, Ehemänner müssen sich das Uebelnehmen mit der Zeit abgewöhnen,“ erwiderte er seufzend, aber die glücklichen Augen, mit denen er seine Frau ansah, straften ihn Lügen.

„Die Ehemänner, welche sich am glücklichsten fühlen, beklagen sich am meisten,“ gab Ilse zurück, die selten um eine Antwort verlegen war. „Eine Frau, die zu allem Ja und Amen sagt, wäre dir doch auch mit der Zeit langweilig gewesen, Schatz, aber wie bin ich gegen früher doch ganz anders geworden, nicht wahr?“

Er zögerte mit der Antwort und neckte sie noch eine Weile, bis er sah, daß sie Ernst machte, denn sie war in diesem Punkte etwas empfindlich, weil sie sich des einstigen Trotzkopfes schämte und sich nicht gern daran erinnern ließ.

Die Sache mit Onkel Heinz ging Ilse doch gewaltig im Kopfe herum, sie rief sich alles wieder ins Gedächtnis zurück, was er gesagt und was sie erwidert hatte, und ihre Endbetrachtung war: „Warum mußte er sie auch immer so reizen!“

Als Leo am Nachmittage den Professor besuchen wollte, fand er die Wohnung verschlossen und erfuhr von den Wirtsleuten, daß er schon seit längerer Zeit schwer krank in der Klinik lag, da er im Hause nicht die nötige Pflege hätte finden können. Leo suchte ihn dort sofort auf.

Onkel Heinz war bereits wieder aufgestanden, sah aber schlecht aus und mußte sich noch sehr schonen, so lautete Leos Bericht, als er gegen Abend heimkehrte.

Das Mitleid verdrängte bei Ilse sofort jeden andern Gedanken, sie war ganz von freundschaftlichster Teilnahme erfüllt und malte sich das Bild des einsamen, kranken Junggesellen in den trübsten Farben aus. Warum hatte er auch nicht zu ihnen geschickt!

„Da wohnt man nun in einer und derselben Stadt, ist intim befreundet, und doch könnte einer sterben und verderben, ohne daß man etwas davon merkt!" rief sie mit Thränen in den Augen, und auch die Kinder fingen an zu weinen, als sie erfuhren, daß ihr geliebter Onkel krank sei. Ruth in ihrer leidenschaftlichen Art fragte fortwährend unter Schluchzen, ob Onkel Heinz nicht am Ende sterben würde, und ließ sich kaum beruhigen.

Am andern Tage mußte Leo auf Ilses Bitten noch einmal in die Klinik gehen und fragen, ob sie den Professor besuchen dürfe.

Mit einem „Nein" kam ihr Mann zurück und erzählte, daß sich der Professor durch Ilse tief gekränkt fühle und durchaus nichts von ihrem Besuche wissen wolle. Darüber war die junge Frau sehr traurig und mit ihr Ruth, deren lebhaften Fragen, „warum sie der Onkel denn nicht sehen wolle," sie mit der Antwort auswich, daß er sich noch zu krank dazu fühle.

„Ich will den lieben kranken Onkel sehen," sagte auch Marianne, und Ilse hatte Not, die betrübten Kleinen wieder zu trösten und zu erheitern. Jetzt empfand sie so recht, wie gut und treu doch der Freund sein müsse, der sich in solcher Weise in die Kinderherzen eingeschlichen hatte, welche ihn nächst ihren Eltern am meisten liebten.

Am Morgen des übernächsten Tages kam Ruth strahlend zur Mutter gelaufen, einen Brief hoch in der Luft schwenkend.

„Mutti, Mutti, lies doch – von Onkel Heinz – wir sollen ihn besuchen – heute – in der Klinik – an mich ist der Brief," kam es in hastig abgebrochenen Sätzen aus ihrem Munde, und ihre Augen lachten in heller Freude.

Ilse nahm ihr den Brief aus der Hand und las ihn. Wahrhaftig, da schrieb er in seinem alten neckischen Tone an Ruth, daß er sie am Nachmittage mit Mutter und Schwester erwarten würde.

Fragend sah Ilse ihr Töchterchen an, die selbst auch kaum erwarten konnte, ihre Heldenthat zu erzählen. Sie hatte ganz allein an Onkel Heinz geschrieben und den Brief durch einen Dienstmann in die Klinik geschickt.

„Mutti, dem Dienstmann habe ich 20 Pfennig aus meiner Sparbüchse gegeben. Ist das wohl zu viel?“ fragte sie lebhaft.

Das Kind war voller Stolz über diese eigenmächtige That und erzählte immer wieder von neuem, wie sie das alles gemacht habe. Niemand hätte ihr geholfen, sie wäre ganz allein an die Straßenecke gegangen, wo die Dienstleute immer ständen, und hätte einem davon den Brief gegeben.

„Willst du ihn mal lesen?“ fragte sie dann plötzlich, und ohne eine Antwort abzuwarten, flog sie hinaus, um ihn zu holen.

„Sie hat doch ein gutes Herz, das tolle Ding,“ dachte Ilse voll Rührung. Oft genug hatte sie ihr ja schon Kummer bereitet, wenn sie beim Spielen mit der kleinen Schwester so egoistisch und auffahrend war, was sie allerdings im nächsten Augenblicke schon wieder bereute. Im Lieben und Hassen war sie gleich stark. Für Onkel Heinz, den sie liebte, würde sie alles thun, dagegen gab es Leute, die sie nicht leiden konnte, und gegen die sie sich geradezu unliebenswürdig zeigte.

Ruth kam nach wenigen Minuten mit ihrer Tafel zurück, auf welcher der Entwurf zu dem Briefe an Onkel Heinz stand, der folgendermaßen lautete:

„Lieber Onkel Heinz!

„Es tuht mir so leit das Du Krank bist aber Mutter sagt schterben würdest du nicht es giebt cheßt auch schon Maiblumen und Marichane ist gestern aufs Knie gefallen und Mutter und ich möchten Dich so gern in der Klinick besuchen und heute mußte eine in unser Schule nach bleiben die hat aber gebrült. Lieber Onkel ich schicke Dir fiele grüse ich brüle aber nicht wen ich nach bleiben mus das ist zu dum. Lieber Onkel Tut Dier fieles weh Mutter weis nicht das ich Dir schreibe ich habe den Dienstmann 20 Pfennig gegeben für den weg.

Es grüst Dich
Deine libe Ruth."

Diesem Briefe hatte er nicht widerstehen können; Ruth war nun einmal sein erklärter Liebling. Diese beiden so verschiedenartigen Naturen waren fürs Leben verbunden, die Liebe des Kindes, des späteren jungen Mädchens, sie war der erhellende Sonnenstrahl auf dem einsamen Lebenswege von Onkel Heinz.

Ruth konnte kaum den Nachmittag erwarten und war voll Unruhe. Bald lief sie durch alle Zimmer, singend und trällernd, oder in den Garten, wo sie einen großen Maiblumenstrauß für den geliebten Onkel pflückte. Jubelnd brachte sie Ilse den ersten Maikäfer, den sie eben gefangen und in eine leere Streichholzschachtel auf zarte, grüne Blätter gebettet hatte – er sollte auch mit zu Onkel Heinz wandern.

„Da wird er sich drüber freuen," meinte sie strahlend. Welches Opfer aber auch für ein Kind, den ersten Maikäfer zu verschenken, den es so eifrig gesucht, auf den es sich so lange gefreut hat!

Gegen drei Uhr, die Besuchszeit in der Klinik, machte sich Ilse mit ihren beiden Kleinen auf den Weg. Ihre aufgeregte Aelteste hatte unterwegs in einem fort zu fragen; sie wollte wissen, wie eine Klinik aussähe, ob da viele kranke Menschen wären und wer weiß, was noch alles; ihr Plappermäulchen stand keinen Augenblick still, und Ilse mußte sie schließlich ganz energisch zur Ruhe verweisen, als sie vor der Thüre standen und die Glocke gezogen hatten.

Neugierig sahen die beiden Kinder auf die barmherzige Schwester, die ihnen öffnete und mit sanfter Stimme nach ihren Wünschen fragte.

Onkel Heinz hatte schon die Anweisung gegeben, daß Ilse gleich hinaufgeführt werden solle, wenn sie käme, und die Schwester mit dem milden Gesicht unter dem weißen Häubchen führte sie deshalb ohne weitere Anmeldung die Treppe hinauf.

Ihre Schritte verhallten lautlos auf den dicken Läufern. Geheimnisvoll still war es im ganzen Hause. In dem langen Korridor befand sich Zimmer an Zimmer, und wattierte grüne Thüren davor hielten jeden Ton, der störend nach innen wirken konnte, fern. Ruhig glitten die Schwestern, alle in der gleichen dunklen Tracht, auf ihrem Wege aneinander vorüber. Eine peinliche Sauberkeit herrschte überall, und in den großen hellen Fenstern standen blühende Pflanzen – ebenfalls Pfleglinge der Schwestern –, die dem Ganzen etwas von dem Charakter des Strengen und Ernsten benahmen.

Hinter einer der vielen Thüren verschwand nun die Schwester, und nach einigen Augenblicken kam sie mit dem Bescheid zurück, daß der Herr Professor bitten ließe einzutreten.

Zögernd überschritt Ilse die Schwelle, Ruth und Marianne an der Hand haltend, welche beide schweigsam die fremde Umgebung mit großen Augen musterten. Wie hatte sich Ruth auf den Augenblick gefreut, Onkel Heinz wiederzusehen, und nun sie am Ziele ihrer Wünsche angelangt war, wurde sie zaghaft und scheu.

Die Gestalt, die dort in dem kleinen hellen Zimmer am Fenster auf einem Krankenstuhle saß, eingehüllt in warme Decken, mit dem Aussehen von jemand, der eine schwere Krankheit überstanden hat, glich auch wenig dem alten Onkel Heinz, der sich mit den Kindern auf der Erde herumkugelte und zu jedem Spaße bereit war.

Aber sein Gesicht hellte sich doch auf, als er jetzt die Eintretenden sah, besonders beim Anblick von Ruth. Ilse hatte er mit einem flüchtigen Händedruck begrüßt und dabei versucht eine linkische Verbeugung zu machen. Marianne aber zog er neben sich und nahm sie in seine Arme, dann wandte er sich wieder an Ruth, welche zögernd stehen geblieben war und ihn betrachtete.

„Na, nun komm doch näher, alte Kröte!“ rief er endlich herzlich.

Bei dem vertrauten Klang seiner Stimme schwand ihre Scheu, sie lief zu ihm hin und warf sich stürmisch in seine Arme.

„Halt, sachte, sachte,“ wehrte er den Wildfang ab, aber als Ilse sie zurückziehen wollte, hielt er sie doch wieder fest, und sie schmiegte sich noch enger an ihn.

Jetzt hatte er wieder sein altes Kinderonkelgesicht! Marianne erzählte von ihrer Puppe, die neulich auch so sehr krank gewesen sei, Ruth zeigte ihm den ersten Maikäfer in seinem engen Gefängnis, und konnte nicht genug berichten, wie schön es im Theater gewesen sei.

„Habe von der Mimerei gehört,“ sagte Onkel Heinz kurz.

Ilse hatte inzwischen die Maiblumen ins Wasser und neben ihn gestellt; mit den duftenden Blüten kam ein Stückchen Frühling in das nüchterne Zimmer.

„Bitte, Frau Gontrau, wollen Sie nicht Platz nehmen? Ruth, hole deiner Mutter einen Stuhl; fix, Mädel!“ rief er und konnte eine gewisse Verlegenheit nicht verbergen.

„Ich danke,“ sagte Ilse und setzte sich ihm gegenüber.

Sie hatte schon einigemale versucht ein Gespräch anzufangen, aber er ging nicht so recht darauf ein. Es schien eher, als vermeide er, sie anzusehen, denn nur scheu streifte sie sein Blick, dagegen beschäftigte er sich eifrig mit den Kindern, die in einem fort kicherten und schwatzten.

Ilse hatte sich eigentlich dieses Wiedersehen in ihrer Phantasie weit poetischer vorgestellt, ja sogar etwas romanhaft ausgeschmückt, und war nun enttäuscht, daß der Professor jede Annäherung abwehrte und auch nicht die Spur weich gestimmt zu sein schien. Doch wie kam sie auch auf so verwegene Gedanken! Sie hätte ihn doch hinreichend kennen sollen, um zu wissen, daß er nicht der Mann war, sich in einer solchen Situation geschickt zu benehmen.

Mit aufrichtiger Teilnahme wollte sie ihm entgegenkommen. Freilich leugnete er immer sehr bestimmt ab, daß er irgend etwas vermisse, wenn sie ihn bedauerte, weil er so allein sei. War das nun wirklich Wahrheit oder täuschte er sich selbst? Darüber war sie oft im Zweifel, aber doch neigte sie sich mehr der Ansicht zu, daß er, um glücklich zu sein, weiter nichts brauche, als seine Arbeit, seine Bücher.

Und doch – ein eingefleischter Büchermensch hatte nicht das warme Herz, das Verständnis für die Kinder, wie er es besaß! Er ging auf ihre Ideen ein, wie es niemand besser verstand.

„Na, wie ist es denn jetzt in der Schule, Ruth, bist du immer noch die letzte?" fragte er in diesem Augenblick.

„Aber, Onkel Heinz," rief Ruth entrüstet, „ich bin niemals die letzte gewesen!"

„Natürlich, du Faulpelz, du kannst und weißt ja nie etwas, du bist die Dümmste in der ganzen Klasse.."

„Das ist nicht wahr – das ist nicht wahr!"

„Schweig, du Kröte, ich weiß es besser!"

„Ach, du weißt gar nichts, Onkel Heinz."

Wenn der Professor diesen Ton mit den Kindern anschlug, wußten sie genau, daß sie sich alles mögliche herausnehmen durften, und meistens endete eine solche Neckerei mit einer kameradschaftlichen Balgerei. Auch heute that Ruth alles mögliche, um Onkel Heinz herauszufordern, aber er schien doch noch zu hinfällig zu sein, um mit seiner kleinen Freundin sich in einen Kampf einlassen zu können.

Wiederholt versuchte Ilse ein Gespräch anzuknüpfen, doch er wandte sein ganzes Interesse den Kindern zu und antwortete ihr nur kurz – sie mußte ihn tief, tief gekränkt haben, wie er ja auch Leo eingestanden hatte.

„Sie waren recht krank, lieber Professor?“ fragte sie nach einer Weile in ihrem sanftesten Tone.

„Ja, na diesmal bin ich noch mit dem Leben davongekommen!“

„Sie hatten ein schweres gastrisches Fieber?“ fuhr Ilse fort.

„So nannten es die Aerzte wenigstens. Warte du Strick,“ wandte er sich dann sofort wieder an Ruth, die ihm den Maikäfer in den Bart gesetzt hatte.

Diese Unterbrechung der von Ilse aufs neue begonnenen Unterhaltung schien ihm sehr angenehm zu sein – fürchtete er etwa eine Auseinandersetzung? Doch Frau Ilse wollte nun einmal sprechen, sie hatte ihn gekränkt und mußte ihn wieder versöhnen. Auf einmal kam er in seiner ganzen Lage ihr so verlassen vor, so trostlos traurig, daß sie nur der eine Wunsch beseelte, er möchte ihr verzeihen. Aber die Kinder mußten erst fort sein, er hätte bei ihnen sonst immer wieder eine Ablenkung gesucht und gefunden. Sie schickte sie deshalb auf den kleinen Balkon vor dem Fenster mit dem Befehle, sich dort ruhig und artig zu verhalten, bis sie gerufen würden.

Ruth wollte sich wie gewöhnlich widersetzen, wenn sie aus der Nähe ihres Onkel Heinz verbannt werden sollte, aber diesmal genügte ein Blick auf Ilse, um ihr zu zeigen, daß mit der Mutter jetzt nicht zu spaßen war; daher ging sie ganz still mit Marianne hinaus.

„Warum lassen Sie denn die Kinder nicht hier?“ fragte der Professor.

„Sie machen zuviel Spektakel, und Sie sind doch seit Ihrer Krankheit gewiß die größte Ruhe gewohnt. Aber nicht wahr, es geht Ihnen doch schon viel besser? Wenigstens sehen Sie recht gut aus.“

Onkel Heinz brummte etwas Unverständliches in den Bart, wobei er unverwandt durch das Glasfenster in der Thüre auf den Balkon blickte, wo seine kleinen Freundinnen den Maikäfer nochmals einer genauen Besichtigung unterwarfen.

„Warum haben Sie uns denn gar nicht wissen lassen, daß Sie krank waren?“ fragte Ilse wieder.

„Das hätte mir auch nichts nützen können, wenn Sie das gewußt hätten," antwortete er nicht gerade liebenswürdig.

Dann schwiegen wieder beide.

Auf diese Weise kamen sie nicht weiter, das sah Ilse ein und beschloß deshalb, direkt auf ihr Ziel loszusteuern.

„Nicht wahr, Sie sind mir noch sehr böse, Onkel Heinz?" fing sie an.

Er antwortete nicht.

„Ich wollte Sie ja nicht kränken," fuhr sie fort.

„O – Sie kränken mich oft, sehr oft, wenn ich es mir auch nicht immer merken lasse," unterbrach er sie nun fast heftig.

Hierauf wollte Ilse ihm erwidern, daß er sie durch sein Benehmen oft reize und auch letzthin gereizt habe, aber sie unterdrückte doch lieber diese Bemerkung.

„Mein Gott, Sie necken mich, ich necke Sie wieder, weiter ist doch nichts dabei," gab sie statt dessen freundlich zur Antwort.

„Ihre Neckereien haben meistens einen bitteren Beigeschmack," warf er ein.

„Ja, aber wieso denn?"

„Nun, bald nennen Sie mich einen alten eingefleischten Junggesellen, oder Sie sagen, ich sollte froh sein, daß ich nicht verheiratet wäre, denn ich würde eine Frau nur unglücklich machen, na – und ähnliche Redensarten mehr!"

„Aber, das ist doch alles nur Scherz!"

Ilse mußte beinahe lachen, als er so getreulich wiederholte, was sie oft zu ihm gesagt hatte, aber es war ihr bei diesem Gespräch doch zu ernsthaft zu Mute.

„Sie trauen mir wenig feines Gefühl zu, wenn Sie glauben, daß ich den Stachel in solchen Bemerkungen nicht empfinde, der oft recht, recht tief sitzt," erwiderte Onkel Heinz mit bewegter Stimme.

Es entstand abermals eine Pause, beide sahen nachdenklich vor sich hin. Nach einer Weile fuhr er fort:

„Sie sind glücklich, Frau Gontrau, Sie sind verwöhnt, zu verwöhnt, – denn offen gestanden behandelt Sie Gontrau nach meiner Meinung oft gar nicht richtig – Sie sind verheiratet, haben Kinder," fuhr er fort.

„Aber, bester Professor," unterbrach ihn Ilse, „dieses Glück könnten Sie doch auch haben, wenn Sie wollten! Ich denke immer, es läge Ihnen nichts daran und Sie hätten nur Interesse für Ihre Bücher."

„Meinen Sie?" fragte er langsam und gedehnt und sah ihr zum erstenmale voll in die Augen mit einem Ausdruck, vor welchem sie die ihrigen senken mußte.

„Halten Sie mich solcher Gefühle nicht für würdig oder nicht für fähig?" fing er wieder an.

„Daß Sie ein warmes Herz haben, beweist mir Ihre Liebe zu den Kindern," erwiderte Ilse etwas verlegen.

„Glauben Sie mir, auch ich kenne Stunden, wo mir kein Buch, keine Arbeit über das Gefühl der Einsamkeit hinweghilft. – Sie kennen so etwas natürlich nicht, Sie werden es wahrscheinlich auch nicht begreifen, daß Ihr alter ›eingefleischter Junggeselle‹ solche Empfindungen haben kann, und hinter meinem Rücken werden Sie gewiß darüber spotten und lachen."

Ein leichter Seufzer begleitete seine Worte.

„Aber, Onkel Heinz, was trauen Sie mir da alles zu, halten Sie mich denn für so falsch?" fragte Ilse mit trauriger Stimme. „Und dann noch eins," fuhr sie nach einer kleinen Weile fort, „Sie sagten vorhin, mein Mann behandle mich nicht richtig, wie meinen Sie das?"

„Nun, wie ich schon sagte, er verwöhnt Sie zu sehr, er läßt Ihnen zuviel Ihren Willen; Gontrau ist zu schwach. Sie werden dadurch egoistisch – Sie hätten ganz anders erzogen werden müssen."

„Erzogen, erzogen!“ brauste Ilse auf und glich in diesem Augenblick auf ein Haar dem Trotzkopf von früher. “Ich bin doch kein Kind mehr, das ›Erziehen‹ würde ich mir von meinem Manne recht hübsch verbitten.“

„Ja, wenn Sie nicht ruhig bleiben können, Frau Gontrau, dann wollen wir dieses Thema lieber verlassen,“ sagte Onkel Heinz in jenem Schulmeistertone, der Ilse schon oft zur Verzweiflung gebracht hatte.

Aber sie bezwang sich heute, es wäre sonst wieder zu einem neuen Streite statt zur Versöhnung gekommen. Auch hallten seine Worte, durch welche er ihr vorhin sein Inneres erschlossen hatte, tief in ihr nach. Also so dachte und fühlte er oft!

„Warum heiraten Sie nicht, Onkel Heinz?“ fragte sie plötzlich, „warum nicht?“

Er gab keine Antwort, aber eigentümlich war der Blick, den er Ilse zuwarf. Sie konnte sich denselben nicht recht erklären, dennoch fühlte sie instinktiv, was er ausdrückte – es beunruhigte – es verwirrte sie.

„Sie halten mich wohl für recht schlecht?“ platzte sie in ihrer Verlegenheit heraus. „Sagen Sie mir nur meine Fehler immer offen.“

„Ich halte Sie für gut, Frau Gontrau,“ erwiderte der Professor einfach, „sonst würde ich überhaupt Ihr Freund nicht sein, und der bin ich doch, nicht wahr? Schöne Redensarten kann ich nun einmal nicht machen, will es auch nicht, aber ich meine es trotzdem gut mit Ihnen. Oder glauben Sie das nicht?“

Abwechselnd klang seine Stimme weich und dann wieder schroff, als kämpfe er mit seinen Gefühlen.

„Gewiß, gewiß, Onkel Heinz,“ sagte Ilse schnell; „aber oft sind Sie zu absprechend, und nicht allein gegen mich, auch gegen Leo; wie machen Sie seine Wissenschaft manchmal herunter!“

Ironisch lächelnd drehte Onkel Heinz seine Bartspitze.

„Ja, die Juristen sind nun einmal einseitig, verstehen nicht viel andres.“

„So?“ unterbrach ihn Ilse lebhaft; „wenn also die Juristen einseitig sind, dann sind die Zoologen eingebildet, Onkel Heinz, das will ich Ihnen nur sagen.“

„Da sehen Sie ja, wie Sie mich immer mißverstehen, Frau Gontrau. Nun wollen wir das Thema lieber ruhen lassen, sonst streiten wir uns wieder. Wenn ich so etwas sage, meine ich es doch nicht persönlich, es giebt ja doch Ausnahmen unter den Juristen!“

„Leo ist eine Ausnahme, nicht wahr?“ fragte Ilse schnell.

„Sonst wäre er mein Freund nicht,“ gab Onkel Heinz wieder mit Nachdruck zur Antwort.

Ilse amüsierte sich innerlich über die gute Meinung, die er von sich hatte, aber gleichviel; was waren seine Eigentümlichkeiten gegen seine wahre Freundschaft für sie und ihre Familie! Er hatte nur wenige, mit denen er verkehrte, fast gar keine Freunde, war ohne Verwandte, er würde mit der Welt ganz abschließen und ein Einsiedler werden, wenn die Freundschaft mit Gontraus durch irgend etwas zerstört werden sollte. War es deshalb nicht auch eine heilige Pflicht, hier ein Menschenleben zu retten, das allerdings nicht in Lebensgefahr, wohl aber in Gefahr war, sich selbst durch seine vollkommene Abgeschlossenheit in der Welt zu verlieren?

Der Professor hatte nun einmal kein glattes Wesen, das den Verkehr zwar erleichtert, aber zu einem wirklichen Freundschaftsverhältnis doch nicht ausreichend ist. Er bekannte offen und frei ins Gesicht, was er dachte, jedoch hinter dem Rücken verteidigte er seine Freunde, selbst wenn es gegen seine Ueberzeugung ging.

Dies alles fuhr jetzt Ilse durch den Sinn, sie fühlte, daß sie ihm heute, in diesem Augenblicke viel, viel näher gerückt war als je zuvor, denn in solchem Maße hatte er ihr noch niemals sein Vertrauen geschenkt, so offen hatte er sein Inneres noch nicht vor ihr gezeigt. Gab es eine Wunde darin, hatte auch Onkel Heinz eine schmerzhafte Stelle?

Nach Frauenart war Ilse neugierig geworden und hätte gern mehr darüber erfahren. Das beunruhigende, verwirrende Gefühl, das sie vorhin unter seinem Blicke beschlichen hatte, war vollständig gewichen, sonst hätte sie wohl keine Lust zu weiteren Fragen empfunden.

Handelte es sich bei Onkel Heinz etwa gar um eine unglückliche Liebe?

Sie sah ihn sich daraufhin an, und wollte schon den Faden wieder aufnehmen, aber sein veränderter Ausdruck belehrte sie eines Besseren, und das war gut.

Onkel Heinz sah aus wie jemand, der es bereut, seine Gefühle zu offen gezeigt zu haben, ein ironischer Zug lagerte sich um seinen Mund, als mache er sich über sich selbst lustig, was er auch that, – aber mit einem wahren Galgenhumor.

Unaufhörlich drehte er seine Bartspitze und sah hinaus in die helle, sonnige Luft, welche die beiden Kinderköpfe auf dem Balkon duftig umwob.

Laut rief er sie bei Namen.

„Ruth, Marianne, kommt herein!"

Die beiden ließen sich das nicht zweimal sagen, ungestüm stürmten sie ins Zimmer.

„Laßt die Thüre offen, Kröten, es ist eine dumpfe Luft hier!"

Ilse öffnete Fenster und Thüre weit – sie und Onkel Heinz atmeten tief auf, als der frische Zug von draußen hereinwehte – belebend, ermutigend!

„Onkel Heinz," rief Ruth fröhlich, „gestern haben wir uns den Rasenabhang – weißt du den, wo die vielen Veilchen stehen – heruntergekugelt. Wie schade, daß du nicht dabei warst, ich sage dir, es war himmlisch! Wenn du erst wieder gesund bist, nicht wahr, dann kugelst du dich auch mit herunter?"

Onkel Heinz versprach es und noch viel mehr, alles, was die Kinder von ihm verlangten.

„Onkel Heinz," sagte Ilse auf einmal lachend und einer plötzlichen Eingebung folgend, „wie haben Sie sich denn hier mit den Aerzten vertragen, die Sie ja doch so sehr verabscheuen?"

„Ja," erwiderte er in resigniertem Tone, aber gut gelaunt, „was soll man denn machen, wenn sie einen in völlig wehrlosem Zustande in die Klinik schleppen? Ihren Klauen entgeht man nun einmal nicht!"

„Unter diesen ›Klauen‹ sind Sie aber Gott sei Dank wieder gesund geworden, Onkel Heinz, und das ist die Hauptsache!"

„Haben die Aerzte nicht Schuld, sondern nur meine gute Natur!"

Streiten mußte er nun einmal immer.

„Wenn Sie erst wieder ausgehen können, werden Sie sich gewiß schnell erholen in der himmlischen Frühlingsluft. Dürfen wir bald mal wiederkommen?"

Ilse fragte mit bestechender Liebenswürdigkeit; in dem unklaren Gefühl, daß sie trotz allem einen nicht geringen Einfluß auf Onkel Heinz ausübe; so empfindlich derselbe sich manchmal ihrer Schroffheit gegenüber zeigte, ebenso empfänglich war er andrerseits auch für die geringste Freundlichkeit.

So schieden die beiden denn im besten Einvernehmen.

Beim Fortgehen sagte Ilse leise:

„Seien Sie nicht mehr böse, wir wollen stets gute Freundschaft halten."

Onkel Heinz wußte, was es sie kostete, eine solche Bitte über ihre Lippen zu bringen, kannte er sie doch auch ganz genau. Desto wertvoller waren ihm ihre Worte.

„Auf gute Freundschaft!" erwiderte er herzlich und reichte ihr seine Hand.

Der Abschied von den Kindern war ein sehr zärtlicher, namentlich von Ruth, die sich gar nicht trennen konnte, bis Ilse energisch ein Ende machte.

Als sich die Thüre hinter ihnen geschlossen hatte, war es wie zuvor still und ruhig im Zimmer. Onkel Heinz lehnte sich zurück und schloß die Augen. Worüber er nachdachte? Wir wissen ja, daß er sein Inneres gut verbarg. Den Einblick, den Ilse heute hinein gethan hatte, verdankte sie dem Zufall, wie er denjenigen manchmal begünstigt, der auf hohem Berge steht und sehnsüchtig in die von grauem Nebel verhüllte Tiefe schaut, wenn er auf einmal die dichten Schleier zerreißen sieht. Neugierig späht er hinab, sieht unter sich ein blühendes Thal – hier ein Dorf – dort ein Schloß auf der Höhe. Was liegt nun noch dort drüben? Was dort? Das möchte er wissen, möchte alles sehen, aber schon ist es wieder vorbei! Von neuem schieben sich die Wolken davor, alles verbergend und verhüllend.

So hatte sich auch über die Gedankenwelt von Onkel Heinz die undurchdringliche Wand wieder vorgeschoben, welche sein Inneres jedem Blicke verbarg.

Nach einiger Zeit trat die barmherzige Schwester ein, lautlos wie immer, und brachte seine Abendmahlzeit.

„Soll ich das Fenster schließen? Es wird zu kühl, Sie könnten sich sonst erkälten, Herr Professor,“ sagte sie freundlich.

Er erwachte wie aus einem Traume!

„Lassen Sie nur offen! Erkälten – erkälten – ist ja Unsinn – Luft schadet nichts, will mich nicht verpimpeln.“ Die Schwester, an alle erdenklichen Launen und Ausbrüche der Kranken gewöhnt, that trotz dieser Rede doch, was sie für ihre Pflicht hielt; sie schloß die Thüre und zog das Fenster etwas mehr zu. Die Sonne war im Scheiden, und noch waren die Abende frisch und kühl. –

Ilse ging an demselben Abend mit Leo hinaus in die Anlagen vor der Stadt, um den Maitag in seinem Zauber bis zuletzt zu genießen, und dabei erzählte sie ihrem Schatz den Besuch bei Onkel Heinz mit allen seinen Einzelheiten. Das, was er ihr heute gesagt, hatte einen tiefen Eindruck auf sie gemacht, und sie nahm sich vor, ihn von jetzt ab mit viel mehr Rücksicht zu behandeln als bisher.

Die Frühlingsstimmung ringsumher, der schwermütige Gesang der Nachtigallen machten sie heute weicher, als es sonst ihre Art war; ihre Phantasie spann einen ganzen Roman um die Gestalt von Onkel Heinz. Er erschien ihr auf einmal in einem ganz andern Lichte; seine äußere Rauheit war nur Schein, dahinter verbargen sich schmerzliche Gefühle von Einsamkeit, Verlassenheit, ja vielleicht eine betrogene Hoffnung! Sie wollte ihn künftig zarter anfassen und ihm zeigen, daß sie des ihr geschenkten Vertrauens würdig war.

Unwillkürlich schweiften ihre Gedanken immer wieder zurück zu dem kleinen Krankenzimmer in der Klinik, sie sah ihn vor sich, betrübt und nachdenklich, und faßte den festen Vorsatz, ihm eine treue Freundin zu sein. –

Die gerührte Stimmung, in welche Onkel Heinz Frau Ilse versetzt hatte, hielt zum Glück nicht lange an.

Er war nun wieder wohl, auch sehr vergnügt, ganz der Alte, und jedes mitleidige Wort, das Ilse über seine Krankheit, über sein einsames Leben an ihn richtete, schnitt er mit der Bemerkung ab, daß dabei gar nichts zu bedauern sei, denn er wäre nicht sentimental angelegt und wüßte sich mit den Thatsachen abzufinden.

So geriet allmählich der Verkehr zwischen den beiden wieder in das alte Geleise, sie neckten und stritten sich wie zuvor, aber dennoch nahm sich Ilse mehr zusammen, und Worte wie: „alter Junggeselle, Brummbär“ u. s. w., die ihn so tief gekränkt hatten, bekam er nicht mehr zu hören.

*

Die Rosen standen schon in voller Blüte, die Tage waren heiß, das frische Grün der Gärten wurde durch eine graue Staubdecke gedämpft – der Sommer war eingezogen und hatte den Frühling verdrängt.

Aber der Rosenmonat wurde jetzt ebenso als der schönste gepriesen, wie kurz vorher sein Vorgänger, der wonnige Mai.

Eines Morgens fand Ilse auf dem Kaffeetische einen Brief von Flora mit vielen engbeschriebenen Seiten vor, nachdem dieselbe lange nichts hatte von sich hören lassen.

Seitdem wir Flora als schwergeprüfte junge Witwe verließen, war eine Wandlung mit ihr vorgegangen. Sie schien eine Zeitlang wie gebrochen zu sein, und ihr Kummer war auch ein aufrichtiger, denn sie rührte keine Feder an, sie verfaßte keine Trauergedichte, sie klagte nicht mit überschwenglichen Worten. Der erste große Schicksalsschlag ging nicht spurlos an ihr vorüber, er rüttelte sie aus ihren thörichten Ideen auf, das Leben nahm für sie seine wirkliche Gestalt an, und ihre schemenhaften Ideale zerflossen davor in nichts. So war sie denn, ohne daß es ihr eigentlich zum Bewußtsein gekommen wäre, eine andre geworden, als sie den Witwenschleier wieder ablegte. Vor allen Dingen versuchte sie nun Käthchens Herz zu gewinnen, sie machte ihre Mutterrechte geltend und holte sie von der Großmama zurück. Nach und nach gewöhnte sich die Kleine mehr an sie, doch hatte sie manchen Kampf mit ihr zu bestehen und war oft nahe daran zu verzweifeln, denn Käthchen schien es nicht vergessen zu haben, wie sie früher an ihr gehandelt hatte. Aber endlich wurde Floras Mühe und Ausdauer durch Erfolg belohnt, und das Verhältnis zwischen Mutter und Stieftochter gestaltete sich mit der Zeit sogar zu einem sehr herzlichen.

So vergingen einige Jahre, als Flora sich zum zweiten Male mit einem Gutsbesitzer, Namens Werner, verheiratete. Die poetische Flora und ein Landwirt! Was das für ein Kontrast sein mußte, malten sich Ilse und Nellie oft aus, aber sie hatten doch schon aus Floras Briefen ersehen, daß diese sich geändert haben mußte, denn sie klangen ganz vernünftig, und nur selten noch erging sie sich in überspannten Schwärmereien. Ueber ihre zwei kleinen Mädchen von sechs Jahren, ein Zwillingspärchen, schrieb sie glücklich und stolz und brannte darauf, sie den Freundinnen zeigen zu können. Fast jeder ihrer Briefe enthielt eine dringende Einladung. Die Freundinnen hatten sich seit Jahren nicht wiedergesehen, und Flora schien nicht vergessen zu haben, in welcher Weise Ilse und Nellie ihr einst in der schweren Zeit beigestanden hatten.

Auch heute bat sie wieder in dem Briefe, den Ilse soeben zu Ende gelesen hatte, um ihren und der Kinder Besuch; sie schilderte verlockend, wie herrlich jetzt das Landleben sei, und schrieb, daß sie auch Nellie gebeten habe, mitzukommen.

Leo riet seiner Frau dringend, die Einladung anzunehmen, und nach einigem Hin- und Herüberlegen entschloß sich Ilse auch dazu und antwortete Flora, daß sie kommen und, wenn es ihr paßte, um die und die Zeit mit den Kindern eintreffen würde. Ruths Ferien sollten in den nächsten Tagen beginnen, und auch ihr und Marianne würde ein Aufenthalt in der reinen Landluft sehr gut thun.

Nun galt es aber, auch Nellie zum Mitkommen zu bewegen, die es zunächst als eine Unmöglichkeit hinstellte, ihren Mann zu verlassen. Was sollte Fred ohne ihre stets sorgende Hand anfangen, nur allein auf das Dienstmädchen angewiesen! Nein, nein, das ginge nicht, erklärte sie rund heraus.

Aber Ilse gab sich damit nicht zufrieden; sie steckte sich hinter den Direktor, sagte ihm, sie fände Nellie schlecht aussehend, und stellte ihm dies so beharrlich vor, bis er schließlich selbst fand, daß seine Frau erholungsbedürftig sei. Nellie war deshalb nicht wenig erstaunt, als er plötzlich darauf bestand, sie solle mitreisen und sich erholen. Seine Sorge für ihre Gesundheit war etwas ganz Ungewöhnliches und, wie sie meinte, Unnötiges. Sie war ja gesund, aber der arme Fred, der sich so abquälen mußte, der mußte gepflegt und gehegt werden, machten ihm seine dummen Nerven doch so oft zu schaffen. Und nun sollte sie ihn verlassen, er wollte in der staubigen, heißen Stadt allein zurückbleiben und arbeiten, immer arbeiten; niemand würde da sein, der für ihn sorgte, wenn er müde und abgespannt nach Hause käme, niemand, der an eine Erholung für ihn dächte und seine Wünsche, ehe sie nur ausgesprochen wurden, zu erfüllen suchte. O, sie würde keine ruhige Minute auf der Reise haben, nicht die Spur von Vergnügen, sie würde fortwährend voller Sorge an ihn denken.

Das alles klagte sie Ilse unter Thränen und ahnte nicht, daß diese sich heimlich ins Fäustchen lachte, als sie sah, daß ihre Bemühungen erfolgreich gewesen waren. Sie fand es ganz heilsam für den nervösen Direktor, daß er einmal ohne Nellie fertig werden sollte, denn nach ihrer Meinung war er sich noch viel zu wenig bewußt, was er an dieser Frau besaß, die ganz und gar in ihm aufging und nur für ihn auf der Welt zu sein schien. Mit Vorstellungen und Ratschlägen war bei Nellie nichts auszurichten; sie gab stets zur Antwort, daß Ilse gar nicht wisse und beurteilen könne, wie elend ihr Fred oft sei, und trotz aller Liebe für die Freundin fand sie dennoch, daß diese solche Dinge zu leicht nehme.

„O, ich bitte dich," flehte sie Ilse an, „rede es Fred aus, daß ich fort soll, sage ihm, daß du mich frisch und gesund fändest, und daß ich keine Erholungsreise nötig hätte, denn er giebt so viel auf dich."

Ilse würde sich wohl hüten, so etwas zu thun, das erklärte sie ganz offen gegen Nellie. So mußte sich diese denn ins Unvermeidliche fügen. Fred hatte ihre Bitten zuerst geduldig angehört, aber bei den immer neuen und durch Thränen verstärkten Auflagen derselben war er schließlich so nervös und ungeduldig geworden, daß sie endlich hatte nachgeben müssen. Wie ein Schatten schlich sie die Tage vor der Abreise im Hause umher und schrieb ellenlange Zettel, auf welchen die bis ins kleinste gehenden Anordnungen für das Dienstmädchen während ihrer Abwesenheit standen. Alle seine Lieblingsgerichte sollten gekocht werden, außerdem sollten zum Frühstück und Abendessen noch besondere Leckerbissen auf den Tisch kommen, so daß der arme verlassene Mann wenigstens nicht zu darben brauchte.

Endlich war die Stunde der Abreise gekommen, und der Direktor und Leo begleiteten ihre Frauen zum Bahnhofe. Ersterer mußte noch unzählige Ermahnungen über sich ergehen lassen, und mit schwerem Herzen nahm Nellie von ihm Abschied. Auch Onkel Heinz erschien noch im letzten Augenblicke; aus jeder seiner Rocktaschen guckte eine Düte heraus, die von den Kindern mit Jubel begrüßt wurde.

„Ich bin überzeugt, die beiden Strohwitwer werden sich herrlich amüsieren," sagte Ilse, um Nellie etwas aufzuheitern, und im gleichen Augenblicke rief Gontrau ihr neckend zu, daß er ihren Mann jeden Abend zur Kneipe abholen würde, denn sie müßten doch ihre Freiheit genießen.

„Siehst du wohl," lachte Ilse.

Aber spaßhaft war es Nellie keineswegs zu Mute, im Gegenteil bat sie Leo in vollem Ernst, ihren Fred doch ja nicht zu verführen, er könne so wenig vertragen und müsse es nachher immer büßen, wenn er je einmal des Guten zu viel gethan hätte.

„Seien Sie nur ganz ruhig, Frau Althoff," sagte Onkel Heinz mit pfiffigem Lächeln, „ich werde auf die beiden Männer achten."

„O, Sie sind mir der Rechte," erwiderte Nellie, die den Spott aus seinen Worten gut herausfühlte. –

Als sich der Zug in Bewegung setzte, flatterten noch lange die Taschentücher aus dem Coupéfenster den Zurückbleibenden zum Abschiedsgruße zu.

Nellies gedrückte Stimmung hielt nicht lange an, denn die Freude der beiden Kinder wirkte ansteckend. Sie hatten fortwährend zu fragen und zu zeigen, wollten bald dies, bald jenes wissen, bald essen, bald trinken, kurz und gut, es bedurfte der ungeteilten Aufmerksamkeit beider Frauen, um sie zufrieden zu stellen.

So verflog denn die Zeit mit Windeseile, und schon hielt der Zug auf der letzten Station an, wo Flora sie mit dem Wagen erwartete.

Ihre Freude über das Wiedersehen war eine aufrichtige; sie konnte sich an Ruth und Marianne gar nicht satt sehen, und fragte und küßte sie immer wieder.

Und dann, als sie behaglich im Wagen saßen, musterten sich die Freundinnen untereinander mit großem Interesse. „Du hast dich aber gar nicht verändert," hieß es. „Etwas stärker bist du geworden." „Und du siehst viel wohler aus, als früher," und ähnliche Redensarten mehr wurden ausgetauscht, wie es zu geschehen pflegt, wenn man sich nach jahrelanger Trennung wiedersieht.

Flora hatte sich in der That sehr zu ihrem Vorteile verändert. Durch die Landluft hatte sie frischere Farben bekommen, was ihr sehr gut stand, auch paßte der Vergleich mit einer Hopfenstange nicht mehr auf sie. Nur der Ausdruck ihrer wasserblauen Augen war derselbe geblieben, und als der Wagen durch blühende Wiesen und üppige Kornfelder dahinfuhr, und sie den Freundinnen zeigte, was davon zu ihrem Besitztum gehörte, hatte sie wieder den alten schwärmerischen Blick in die nebelgraue Ferne gerichtet, als ob sie von dort etwas Besonderes erwarte.

Die Fahrt in der frischen Luft nach der staubigen Eisenbahn war herrlich. Zwar brannte noch heißer Sonnenschein herab, aber hier in der freien Natur war derselbe weit erträglicher, als vorhin im Coupé, in dem eine Temperatur wie in einem Backofen geherrscht hatte.

Jetzt fuhren sie durch ein kleines Tannenwäldchen, das unter den warmen Strahlen einen köstlichen Duft ausströmte, dann bogen sie wieder in die staubige Chaussee ein und konnten nun schon die ersten Häuser des Dorfes erblicken, an dessen Ende sich das Gut befand.

Als sie die sauberen Häuschen erreicht hatten, hinter deren blumengeschmückten Fenstern neugierige Gesichter zum Vorschein kamen, während barfüßige Bauernkinder lustig schreiend hinter dem Wagen herliefen, da schien sich Flora doch wie eine Königin in ihrem Reiche zu fühlen.

Sie nickte den Leuten freundlich, aber doch mit hoheitsvoller Miene zu, und wehrte drohend die Kinder ab, die zu nahe an den Wagen herankamen.

„Sie kennen mich alle,“ sagte sie stolz, „und ich darf auch wohl sagen, daß ich ihnen eine brave Gutsherrin bin.“ „Wie geht's dem Vater?“ fragte sie im Vorbeifahren ein halbwüchsiges Mädchen, deren Antwort in dem Geräusche der Räder erstarb, aber Flora rief ihr noch zu: „Ich komme in diesen Tagen und bringe ihm wieder Wein.“

Die Dorfstraße war bald zu Ende, jetzt durchkreuzten sie noch einen kurzen Feldweg, kamen dann an einigen großen Scheunen vorbei, hinter denen stattliche Misthaufen den tüchtigen Landwirt erraten ließen, und fuhren nun in den Gutshof ein.

„Vor das Schloß fahren,“ befahl Flora mit komischer Grandezza.

Der Kutscher lenkte in einen breiten Weg ein, der mitten durch den Garten führte, und hielt vor einem großen kastenartigen Gebäude – es war das sogenannte „Schloß“. – Nur gut, daß ihm Flora selbst diese Bezeichnung gegeben hatte, denn Nellie und Ilse hätten es sicher nicht mit dem stolzen Namen belegt. Es zeigte eine lange Front mit vielen Fenstern, aber ohne jeden Zierat. Nur ein in Stein gemeißeltes Wappen über der Eingangsthür ließ erraten, daß die früheren Bewohner Adelige gewesen waren.

„Es gehörte einem Baron v. H.,“ erklärte Flora, als sie bemerkte, daß die Freundinnen das Wappen, welches einen Eberkopf darstellte, aufmerksam betrachteten. In demselben Augenblick öffnete sich die Thüre, ein schlankes, junges Mädchen trat heraus, an jeder Hand einen kleinen Blondkopf führend – Käthe mit Floras Zwillingen. Nun gab es wieder eine Menge Fragen, die bunt durcheinander schwirrten. Also das war Käthe! Das verschüchterte Kind hatte sich zu einem hübschen Mädchen entwickelt, Nellie und Ilse mußten sie immer wieder betrachten. Und dann die Zwillinge, glichen sie wohl Flora? Ruth war sofort zu ihnen gelaufen und erzählte ihnen von der Reise, von Onkel Heinz und den Bonbons, die er ihnen geschenkt hatte.

Aber die beiden Kleinen sahen sie und Marianne nur scheu an und gaben keine Antwort.

„Thusnelda, Hildegard, so gebt doch eure Händchen,“ rief Flora, als sie sah, wie sich Ruth umsonst mit ihnen abmühte.

Nach diesen hochtrabenden Namen sahen die Kinder allerdings nicht aus, sondern sie glichen eher den beiden Reuterschen lütten Druwäppeln „Lining“ und „Mining“; ländlich gesund erschienen sie, mit prallen roten Backen, hellen blauen Augen und strähnig blondem Haar.

Ilse ertappte Flora auf demselben vergleichenden Blicke, den auch sie in diesem Moment über die vier Kinder gleiten ließ, als sie so beisammen standen. Fast jede Mutter ist eitel und findet ihre Kinder am hübschesten! So mochte wohl auch Floras Urteil zu Gunsten ihrer Zwillinge ausfallen, aber daß Ilses Mädchen einen feineren Eindruck machten, schien ihr doch unwillkürlich aufzufallen, denn sie fand plötzlich, Thusnelda und Hildegard müßten wohl sehr umhergetollt sein, weil sie so hochrote Wangen hätten.

„Sonst haben sie nämlich frische, aber zarte Farben," wandte sie sich an Ilse und Nellie, und dann schalt sie, daß Käthe ihnen die Haare so glatt gekämmt habe, und fuhr mit einem Blick auf Ruths Locken über die Blondköpfe, als könnten sich unter dieser Berührung die glatten Strähnen in Locken verwandeln.

„Aber nun kommt herein," sagte sie, als die Begrüßung vorüber war, und fragte ihre Kinder: „Wo ist denn der Papa?"

„Vater ist int Schweinestall bei den kleinen Ferkelchen," berichtete Thusnelda mit lauter Stimme; es war das erste Wort, welches sie sprach.

Flora konnte eine kleine Verlegenheit bei dieser prosaischen Auskunft nicht verbergen.

„Ach, liebe Tante Flora, wo sind die kleinen Ferkelchen, ich möchte sie so gerne sehen," bettelte nun Ruth, für die ein solcher Anblick hochinteressant war.

„Später, später," antwortete Flora flüchtig.

Sie hatte ihre Gäste mittlerweile die Treppe hinaufgeführt und in die Fremdenzimmer geleitet. Das Innere des Hauses glich ganz dem Aeußeren. Die weiß getünchten Wände sahen sauber, aber nüchtern und kahl aus, der helle Estrich und die frisch gescheuerten Treppen brachten ebenfalls keine Abwechslung in die Eintönigkeit der Farben. Auch die Zimmer schielten soeben erst aus den reinigenden Wasserstürzen hervorgegangen zu sein, denn ein feuchter Geruch schlug den Eintretenden entgegen. Aufdringlich wirkten die Tapeten, deren grelles

Muster selbst die farbenreichen Oeldruckbilder an den Wänden um alle Wirkung brachten. Altmodische, steifbeinige Möbel, mit buntem Kattun überzogen, bildeten die Einrichtung; über die Tischdecke, schwarz mit großen roten Blumen, war als Schutz noch eine weiße Serviette gebreitet, und auf dieser stand ein großer Feldblumenstrauß – das einzige Geschmackvolle in dieser Umgebung.

Aber gleichviel! Schon die peinliche Sauberkeit war den darin nicht verwöhnten Städtern eine Wohlthat, und mit noch größerer Wonne sogen sie die herrliche Landluft ein, welche durch die offenen Fenster strömte.

Nellie las auf Floras gespanntem Gesicht die Frage: Nun, wie gefällt es euch hier? und deshalb lobte sie in ihrer Gutmütigkeit alles.

„Nicht wahr, es ist recht gemütlich hier? Die Möbel stammen noch von den Großeltern des Barons, sind also ganz antik,“ erwiderte Flora und zeigte dabei stolz auf die kattunbezogenen Steifbeine. „Aber nun will ich nicht weiter stören, ihr werdet euch erfrischen wollen. Wenn ihr fertig seid, erwarte ich euch im Eßzimmer – im unteren Flur die Thüre rechts.“

Und mit freundlichem Nicken ging sie hinaus. Marianne hatte die frischen Zwillinge gleich in ihr kleines Herz geschlossen, während Ruth die kleinen Ferkel, nach denen sie sich immer wieder erkundigte, vorläufig noch viel mehr zu interessieren schienen, als die neuen Freundinnen, denn sie meinte, die hätte sie noch gar nicht gern, sie sprächen ja nichts und sähen genau so aus, wie die Bauernkinder, welche ihnen vorhin begegnet wären.

Mit aller Entschiedenheit verwies Ilse der vorlauten Tochter ihr rasches Urteil, indem sie ihr klar machte, daß sie dergleichen ja nicht etwa zu Tante Flora, überhaupt nicht zu andern sagen dürfe.

Als die beiden Frauen mit den Kindern einige Zeit später ins Eßzimmer, einen großen hellen Raum, traten, fanden sie hier neben Flora, Käthe und den Zwillingen ihren Wirt, auf dessen Bekanntschaft sie begreiflicherweise höchst neugierig waren.

Nur flüchtig glitten deshalb Ilses Blicke über die prächtigen Geweihe an den Wänden, die sie sich als Kennerin sonst gewiß eingehend betrachtet haben würde, und blieben an der mächtigen Gestalt des Hausherrn haften, neben welcher seine schmächtige Frau vollständig verschwand. Die ästhetische Flora und dieser Koloß, den Ilse auf 200 Pfund taxierte, – einen größeren Gegensatz konnte man sich nicht vorstellen. Auf den breiten Schultern saß ein kugelrunder Kopf, dessen rosige Haut durch die hellen kurzgeschorenen Haare schimmerte; rot war auch sein joviales Gesicht und seine kräftigen Hände; breit und energisch der Nacken, der in einer dicken Falte über dem Rockkragen lag. Wie kam Flora zu diesem verkörperten Bilde der Prosa! Sah sie ihn etwa durch die verklärende Brille der Poesie an?

Ob sie nun die forschenden Blicke von Nellie und Ilse bemerkte, oder ob ihr von selbst die rosige Rundlichkeit ihres Gatten auffiel, genug, sie strich über seine Stirn und fand, daß er sehr erhitzt wäre. Hatte er wohl sonst auch so zarte Farben, wie die Zwillinge?

Diese Frage konnte man unausgesprochen hinter dem schelmischen Lächeln von Nellie vermuten.

„Der Aermste hat in der großen Hitze auf den Feldern sein müssen," wandte sich Flora an die Freundinnen, während man sich um den Tisch zum Essen niedersetzte.

„Ja, ja, es ist zum Braten draußen," erwiderte er und wischte sich die hellen Perlen von der Stirn. „War wohl auch 'ne nette Temperatur in den Coupés, was?" wandte er sich an seine Nachbarinnen.

„O ja," lachte Ilse, „aber dafür haben wir's auch jetzt gut, hier ist es ja herrlich kühl. In der Stadt fanden wir es unerträglich und freuten uns deshalb sehr, als Ihre liebenswürdige Einladung ankam."

„Wenn das Wetter nur gut bleibt, damit wir Ausflüge machen können! Die Umgegend ist so schön," sagte Flora.

„Was? Wetter schön bleiben! Regen müssen wir haben, es ist die höchste Zeit. Der ist so nötig, wie 's liebe Brot. Das Land ist wie ausgedorrt, alles vertrocknet; wenn's so fortgeht, werden wir bald kein Futter fürs Vieh mehr haben."

„Aber August, jetzt, wo wir so liebe Gäste haben, dürfen wir uns doch keinen Regen wünschen," erwiderte Flora vorwurfsvoll. Es war ihr offenbar peinlich, daß er so sprach.

Doch Ilse enthob sie ihrer Verlegenheit und sagte:

„Ich bitte dich, Flora, dein Mann müßte kein guter Landwirt sein, wenn er nicht so dächte. Als einstiges Landkind weiß ich ganz genau, was es bedeutet: kein Regen!"

„So, Sie haben auf dem Lande gewohnt?" fragte der Gutsbesitzer voll Teilnahme und sah sich Ilse daraufhin noch einmal genauer an.

„Aber, August," rief Flora, „ich habe dir doch alles von Frau Gontrau und Frau Althoff erzählt."

„Ja, Kind, das habe ich, offen gestanden, wieder vergessen. Mir geht so vieles durch den Kopf, daß ich für so etwas kein Gedächtnis habe."

„August!" Sie warf ihm einen bedeutungsvollen Blick zu.

„O, das kenne ich von Fred genau," tröstete Nellie. „Der arme Mann ist oft so vergeßlich! Das kommt von seinem anstrengenden Berufe, dadurch sind seine Nerven auch sehr herunter."

Hieran anknüpfend erzählte sie die ganze Leidensgeschichte des armen vielgeplagten Fred, und wie schwer es ihr geworden wäre, ihn zu verlassen, da er ihrer Pflege so sehr bedürfe.

Flora hörte geduldig zu und tröstete so gut sie es verstand.

Währenddem entspann sich auch zwischen Ilse und Herrn Werner eine längere Unterhaltung, die ihn aber nicht hinderte, dem Essen und Trinken tüchtig zuzusprechen. Voll Erstaunen sah die junge Frau die großen Portionen verschwinden; trotz der Hitze schmeckte es ihm herrlich. Uebrigens wurde ihr Floras Riesenmann mit jedem Worte sympathischer; die feinen Umgangsformen eines Salonmenschen fehlten ihm allerdings, dafür war er zu derb, dabei aber natürlich, offen und in seiner Art liebenswürdig, das Urbild der Kraft und Gesundheit. Er schien sehr erfreut, in der Freundin seiner Frau eine Liebhaberin und Kennerin der Landwirtschaft zu finden, die für alles, was dazu gehört, viel Verständnis hatte. Sie erzählte ihm unter anderm, daß ihr Vater jetzt einen großen Teil seiner Ländereien mit Zuckerrüben bebaut habe, und daß er zur bequemen Beförderung der Rüben eine kleine Bahn über die Felder legen ließe; sie konnte ihm über alle Einzelheiten, nach denen er fragte, Auskunft geben, was ihn sehr interessierte, da auch er gerade im Begriffe stand, einen Teil seiner Felder zur Rübenkultur vorzubereiten. Sie sprach über die neuen landwirtschaftlichen Maschinen, über die besten Düngemittel wie ein Fachmann, und folgte aufmerksam seinen Ausführungen, als er ihr von seiner Schweinezucht berichtete, die, wie er hoffte, recht einträglich werden würde.

Flora hörte nur noch mit halbem Ohr auf Nellie, verstohlen beobachtete sie die beiden andern und war zuerst nicht sehr erbaut, daß August seine Nachbarin nicht über andre Gegenstände unterhielt. Als sie aber merkte, daß Ilse ganz zufrieden aussah und lebhaftes Interesse zeigte, da beruhigte sie sich wieder. Dabei war sie jedoch immer noch in einiger Aufregung darüber, welchen Eindruck ihr August wohl auf die Freundinnen gemacht habe, und sie nahm sich vor, sie nachher offen darüber auszufragen.

Die Kinder hatten sich inzwischen auch angefreundet und saßen nicht mehr so schüchtern und still auf ihren Stühlen, wie zu Beginn der Mahlzeit. Ruth besonders rückte ungeduldig hin und her, sie konnte ja den Augenblick nicht abwarten, bis sie die kleinen Schweinchen sehen durfte; deshalb war niemand froher als sie, als Flora jetzt aufstand und verkündete, daß der Kaffee unter der großen schattigen Kastanie im Garten getrunken werden sollte.

Dort war es köstlich! Die breiten herabhängenden Aeste wölbten sich zum schützenden Dach über dem Platze, aber die Sonne stahl sich doch durch die kleinen Ritzen und Löcher in dem grünen Blättergewirr und malte helle Flecke auf den beschatteten Kiesweg, die gelben Gartenstühle und Bänke, auf die blanken Tassen und Teller, und als sich Werners mit ihren Gästen niederließen, tanzten und flimmerten sie auch auf den Gesichtern, den Haaren und Kleidern. Von dem großen Rasenplatz vor dem Hause sandte ein Rosenbeet seine süßen Düfte herüber, vermischt mit dem Wohlgeruche der Reseda, womit die Beete eingefaßt waren.

Ilse und Nellie konnten des Lobes kein Ende finden über den wonnigen Platz, und letztere dachte im stillen, daß diese grüne farbige Umgebung, die freie Luft einen weit besseren Hintergrund für den rosigen Hausherrn und seine ebenso rosigen Töchter abgeben, als es die gedämpften Töne im Zimmer thaten.

In lustiger Stimmung wurde der Kaffee getrunken und der riesengroße Napfkuchen verzehrt, der mitten auf dem Tische prangte und für die Kinder eine wahrhaft magnetische Anziehungskraft zu haben schien, denn bis jedes ein Stück davon auf dem Teller hatte, ließen sie ihn nicht aus den Augen.

Gegen Abend forderte Herr Werner zu einem Rundgange durch sein Besitztum auf, was besonders von Ruth jauchzend aufgenommen wurde, sollte sie nun doch endlich zu dem heiß ersehnten Anblick der Ferkelchen gelangen. Ueberhaupt was gab es da alles für die Kinder zu sehen! Aber unbekannt waren ihnen diese Dinge nicht, sie wußten ganz gut Bescheid, da sie ja fast alle Jahre zum Besuche bei den Großeltern in Moosdorf gewesen waren und das Leben auf dem Lande recht gut kannten.

Es wurden die Scheunen besehen, die Ställe, man ging über den Geflügelhof, alles war in bester Ordnung, und wenn die große Gestalt des Besitzers erschien, konnte man aus den Mienen der Untergebenen merken, daß er ein strenges, aber gerechtes Regiment führte.

„Unsre Konzerte bestehen hier nur aus Naturlauten," sagte Flora scherzend, als das Blöken der Kühe, das Wiehern der Pferde und Grunzen der Schweine ihnen noch nachtönte, während sie die Wirtschaftsgebäude verließen und in den Wiesenweg einbogen, um noch einen kurzen Spaziergang über die Felder zu machen. Ein starker Heugeruch kam ihnen entgegen, die Leute waren gerade dabei, das Heu mit der Harke zu wenden; morgen in aller Frühe sollte es eingefahren werden. Und wie prachtvoll und üppig standen die Felder, die Aehren waren straff und voll! Kornblumen und leuchtend roter Mohn, auch Kornraden und zarte rosige Winden faßten wie eine Guirlande die Felder ein; achtlos gingen Thusnelda und Hildegard daran vorüber, aber Ruths dunkler Lockenkopf und Mariannes blondes Köpfchen tauchten bald hier, bald dort zwischen den Aehren auf. Das Blumenpflücken war für die Stadtkinder ja eine wahre Wonne! Mit ganzen Händen voll bunter Blumen kamen sie zurück, und Käthe, die nicht mitgegangen war, weil sie im Hause beschäftigt gewesen, nahm ihnen die duftige Bürde ab, und ordnete sie zu einem großen Strauße, den sie auf die gedeckte Abendtafel unter der Kastanie stellte.

Der etwas befangene und fremde Ton, der am Mittag geherrscht hatte, machte heute abend einer ganz andern Stimmung Platz, im lebhaften Gespräche unterhielten sich die Erwachsenen, während die Kinder geradezu übermütig umhertollten und Käthe ihre liebe Not hatte, sie zu bändigen. Um neun Uhr wurde die kleine Gesellschaft trotz allem Betteln und Quälen zu Bette geschickt, ihr Sprechen und Lachen hörte man aber noch lange durch die offenen Fenster; es tönte mit dem Zirpen der Grille und dem Froschquaken um die Wette durch die abendliche Stille.

Pünktlich um 10 Uhr erhob sich auch der Hausherr, um zur Ruhe zu gehen, worauf auch Nellie und Ilse ebenfalls pflichtschuldig aufstanden. Wie schade, sie hätten den Abend so gerne noch genossen, jetzt erst wurde es ja kühler hier draußen. Daher waren sie sehr erfreut, als Flora sie fragte, ob sie nicht noch aufbleiben wollten.

„Gerne, gerne,“ riefen sie beide mit einem fragenden Blick auf Herrn Werner.

„O, deshalb brauchen wir noch nicht schlafen zu gehen,“ erwiderte Flora. „August steht des Morgens jetzt schon um vier Uhr auf, da ist er abends natürlich müde. Die Damen entschuldigen dich gern, lieber Mann, nicht wahr?“ wandte sie sich an die beiden.

„Selbstverständlich,“ gaben sie zur Antwort.

„Na, dann schlafen Sie recht gut,“ sagte der Hausherr und reichte den jungen Frauen die derbe Rechte. „Und erzählen Sie mir morgen früh, was Sie geträumt haben; das geht ja wohl in Erfüllung, wenigstens sagt es meine Frau, die weiß ja in solchen Dingen gut Bescheid. Ich kenne keine Träume! Gute Nacht, Frau,“ sagte er dann freundlich zu Flora. „Vergiß nicht, morgen früh mit der Mamsell das Milchgeld abzuzählen, ob's stimmt, die mogelt gern ein bißchen; und dann sorge dafür, daß Hesse mit der Butter nicht zu spät fortfährt, damit er nicht in die Hitze kommt; er ist auch etwas bummelig. Und nun nochmals gute Nacht.“

„Ja, ja, es wird schon alles besorgt werden,“ entgegnete Flora leicht errötend – die Aufträge schienen ihr nicht gerade angenehm zu sein.

Als die schweren Tritte von Herrn Werner auf dem knirschenden Kiese verhallt waren, hörte man noch eine Weile seine laute Stimme, wie er mit dem Verwalter sprach, und dann wurde drinnen ein Fenster zugeschlagen.

„Er hat ein Herz wie Gold, wenn er auch manchmal etwas barsch erscheint; das meint er gar nicht so,“ fing Flora auf einmal ohne äußeren Zusammenhang an; aber ihren inneren Ideengang errieten die Freundinnen in diesem Augenblicke leicht, und beide versicherten sie deshalb zu gleicher Zeit, wie gut ihnen Herr Werner gefiele, und wie glücklich sie im Besitze eines so prächtigen Mannes und so lieber Kinder sein könne.

„Ja, ja, das bin ich auch,“ erwiderte Flora in aufrichtigem Tone, blickte dann aber gedankenvoll, wohl in Erinnerung an die Vergangenheit versunken, vor sich hin. Vieles, vieles ging ihr in dieser Minute durch den Sinn.

„Ihr habt immer treu zu mir gehalten, ihr Lieben,“ sagte sie nach einer Weile plötzlich zu den Freundinnen, ihnen herzlich die Hände drückend, und fuhr dann fort: „Ich glaube, daß wir uns jetzt auch noch besser verstehen werden, als früher. Ich habe mich in manchen Dingen geändert, denn ich sah ein, daß ich mit meinen idealen Anschauungen nicht in diese materielle Welt paßte. Ihr habt mich ja oft verlacht und verspottet – ja, ja, das weiß ich – aber es war mir wirklich ernst mit meinen Gefühlen. Durch den Tod meines ersten Mannes bin ich eine andre geworden, Gewissensbisse und Vorwürfe haben so lange an mir genagt, bis sich mir das Glück zum zweiten Male mit der Hand meines guten August darbot. Er ist ein echter Landmann und hat auch nur Interesse für seinen Beruf. Im Anfange unsrer Ehe versuchte ich, ihn in die Welt der Poesie einzuführen, und habe ihm häufig abends vorgelesen, doch er war zu müde und schlief dabei ein. Aber da habe ich mir gesagt, es sind ja nicht nur diejenigen poetisch veranlagt, die Gedichte lesen und schreiben; wenn man nur sucht, kann man auch dem praktischen Leben ideale Seiten abgewinnen." "Bravo, bravo!" rief Ilse; so vernünftig hatte sie Flora noch niemals sprechen hören.

„Und wie ist es mit Käthe?" fragte Nellie.

„O, wir verstehen uns prächtig. Sie ist und bleibt ja ein verschlossenes Mädchen, aber für die Zwillinge sorgt sie rührend, denn Kinder liebt sie über alles."

„Wie schön für dich," sagte Nellie.

„Ja, anfangs hatte ich meine liebe Not mit Käthe, sie war so störrisch, sie wollte nichts von mir wissen, doch das wißt ihr ja alles. Wir wollen nun nicht mehr von der vergangenen traurigen Zeit sprechen."

Sie sagte das mit einem tiefen Seufzer; dem neuen Wendepunkt in ihrem Leben mochten wohl viele heiße Kämpfe gefolgt sein, bis aus dem überspannten Wesen eine normal denkende Frau geworden war.

„Nun, und Orla?" fragte sie plötzlich. „Was habt ihr von der gehört? Bis in meine ländliche Einsamkeit dringen ihre Briefe nicht. Uebrigens, etwas hochfahrend war sie immer, trotzdem mochte ich sie gerne leiden, hatten wir doch viele gemeinsame Interessen, denn sie strebte ja ebenso wie ich nach etwas Höherem."

Also für ähnlich veranlagt, wie Orla, hielt sich Flora immer noch! Nun, diesen Spaß konnte man ihr lassen, wenn sie nur in ihrem Handeln verständig war und blieb.

„O, Orla, der geht es ausgezeichnet!“ rief Ilse. „Ihr Mann hat durch die Vermittlung ihrer einflußreichen Verwandten am Hospital in Petersburg eine Stellung bekommen, die mit großen Einnahmen verbunden ist. Durch den Tod eines alten Onkels von Orla ist ihnen auch noch ein ziemlich bedeutendes Vermögen zugefallen; da kannst du dir denken, daß sie ein großartiges Leben führen.“ „Ein Leben im großen Stile!“ sagte Flora, wie zu sich selbst. „Davon habe ich auch oft geträumt! Natürlich Dienerschaft in Menge?“

„Jedenfalls,“ lachte Ilse; „darüber schreibt sie aber nichts. Du weißt ja, das Dienstbotenkapitel, wenn es je mal aufs Tapet kam, interessierte Orla nicht im mindesten. Sie schreibt nicht oft, aber dann lange ausführliche Briefe, und aus jeder Zeile klingt es heraus, daß sie sich glücklich fühlt! Glücklich in ihrer Ehe, glücklich, daß sie wieder in ihrem geliebten Rußland leben kann. Künstler und Gelehrte verkehren bei ihr, kurzum, sie ist ganz in ihrem Element! O, ich kann mir vorstellen, daß sie eine gefeierte Frau ist, – klug, schön, reich.“

„Ja, ihr ist es geglückt,“ sagte die Gutsbesitzersfrau seufzend. „Sie lebt in der großen Welt, wird bewundert, gilt etwas, während andre in der Einsamkeit verschimmeln und verbauern. – Orla spielt womöglich auch als Nihilistin eine Rolle?“

„Warum nicht?“ meinte Ilse, „zuzutrauen wäre es ihr schon, das Zeug hätte sie dazu.“

„O, mein Gott, was redet ihr da für Unsinn – Orla eine Nihilistin!“ warf hier Nellie ein.

„Aber ich bitte dich,“ sagte Flora, „unmöglich ist es doch nicht. Schrecklich wäre es nur, wenn sie eines Tages nach Sibirien verbannt würde.“

„O, o!“ rief Nellie entsetzt, „deine Phantasie geht mit dir durch, Flora. Sprich doch nicht von so etwas, was sollten da wohl Orlas liebe Jungen anfangen!“

„Wie viel Kinder hat sie eigentlich?“ fragte Flora; „in meiner Einsamkeit erfahre ich ja gar nichts.“

„Vier Stück, acht, sechs, vier, zwei Jahre alt, lauter Prachtkerls, sage ich dir,“ antwortete Ilse.

„O, süß!“ schwärmte auch Nellie, und ein wehmütiger Schatten überflog ihr Gesicht. „Ich habe das Bild mit und will es dir morgen zeigen.“

„Heute abend noch, bitte, heute abend noch,“ bettelte Flora, die zu neugierig war, es zu sehen. Orlas Schicksal erfüllte sie doch mit etwas Neid, den sie nicht ganz unterdrücken konnte. Aber schneller als früher kam sie darüber hinweg in dem Bewußtsein, daß sie ja auch ihren Wirkungskreis habe, genau wie Orla; der einzige Unterschied war der, daß diese als Schauplatz die große geräuschvolle Welt hatte, während der ihrige hier in der stillen Abgeschiedenheit lag. Was sollten die Armen und Kranken in der Umgegend, denen sie oft der einzige Trost, die einzige Hilfe war, wohl ohne sie anfangen! –

Die Nacht war schon weit vorgeschritten, und die Freundinnen saßen noch immer unter der traulichen Kastanie, welche alle die alten Erinnerungen, die zwischen den dreien ausgekramt wurden, mit anhörte. Aber sie wollte auch mitsprechen, und das leise Rauschen in dem Blätterwerk mischte sich in den Klang der Stimmen; es ließ das Licht im Windleuchter, der auf der bunten Tischdecke stand, höher aufflackern, so daß die Flamme nach den herabhängenden Zweigen leckte, deren Grün in dieser künstlichen Beleuchtung fast wie auf dem Theater wirkte. Die jugendlichen Gestalten in ihren hellen Sommerkleidern hoben sich in dem kleinen Lichtkreise malerisch von der Dunkelheit ringsherum ab. Schade, daß niemand das anziehende Bild sah, aber alles lag ja schon im tiefsten Schlummer, die Lichter im Hause, auf dem Hofe, in dem Dorfe waren lange verlöscht, und die kleine einsame Gartenlampe war der einzige Lichtpunkt in der Runde. Droben aber, da glänzte helles Sterngeflimmer am klaren Nachthimmel! –

Vieles, vieles hatten sich die Freundinnen zu erzählen! Wenn man sich nach langer Trennung wiedersieht, dann sind die ersten Fragen, die ersten

Gespräche meist sehr gleichgültiger Art, so war es auch bei unsrem Dreiblatt hier gewesen. Nun aber die Schleusen ihrer Beredsamkeit einmal geöffnet waren, konnten sie kein Ende finden. – Der würdigen Frau Superintendentin Rosi mochten an diesem Abend wohl die Ohren geklungen haben, aber wahrscheinlich das rechte mehr als das linke, denn viel Gutes wurde nicht über sie gesprochen, desto mehr wurden ihr Mann und Fritz gerühmt.

Schließlich jedoch bedurften die vom Sprechen trocken gewordenen Kehlen noch einer Erquickung; Flora holte deshalb einen großen Korb voll frisch gepflückter Kirschen heraus, und ein lustiges Schmausen begann. Dann aber, als sie Nellie einigemale verstohlen gähnen sah, fiel es ihr plötzlich ein, daß ihre Gäste gewiß von der Reise müde sein würden, und es wurde beschlossen, die Sitzung bis auf morgen zu vertagen. Flora leuchtete ihren Gästen noch bis in ihre Zimmer und ging dann selbst zur Ruhe.

Am andern Morgen waren Ilse und Nellie rechte Langschläferinnen. –

Als sie ins Nebenzimmer kamen, wo Ruth und Marianne schliefen, fanden sie das Nest leer, aber aus dem Garten hörten sie helle Kinderstimmen heraufschallen, und bei einem Blick durchs Fenster sahen sie flinke Beinchen über den taufrischen Rasen laufen. –

Der Kaffeetisch war wieder unter dem Kastanienbaume hergerichtet; bei dem Erscheinen der beiden schüttelte er leise das ehrwürdige Haupt, als wollte er sagen: wie lange habt ihr Faulpelze geschlafen. Jubelnd kamen die rotbackigen Zwillinge, in ihrer Mitte Marianne führend, herbeigelaufen, und Flora erhob sich von ihrem Sitz am Tische. Sie hatte ein Buch vor sich liegen, in welchem sie eifrig gelesen und gerechnet hatte, und sah in ihrem hellblauen Morgenkleide frisch und nett aus.

„O, was magst du von uns denken,“ entschuldigte Nellie, und Ilse meinte: „Dein Mann wird sich schön über die faulen Städterinnen lustig gemacht haben!“

Aber Flora beruhigte sie ganz und gar. August tränke fast nie des Morgens mit ihnen Kaffee, er wäre schon seit 5 Uhr fort auf die Wiesen, um beim Heuaufladen zugegen zu sein.

„Nun, stimmt die Milchrechnung?“ fragte Nellie lächelnd mit einer Handbewegung nach dem Buche, das vor Flora auf dem Tische lag. Eine solche Lektüre bei der ehemaligen Dichterin!

„Ja, ja, Kinder, so etwas muß eine Gutsfrau auch thun,“ sagte Flora, die aus Nellies Frage einen leichten Spott herauszuhören glaubte. „Poesie und Prosa gehen Hand in Hand auf dem Lande.“

„O, nicht nur auf dem Lande, überall im Leben,“ antwortete Ilse.

„Ich bin übrigens recht froh, daß die Kinder in freier, natürlicher Umgebung aufwachsen,“ fuhr Flora fort; „es wird dadurch der Sinn für die Natur geweckt. Thusnelda“ – sie sprach den Namen immer mit der Betonung einer Klara Ziegler aus – „ist poetisch veranlagt, das Kind hat eine ganz merkwürdige Auffassung, ihr solltet nur hören, wie sie über alles spricht, über den Gesang der Vögel, über den Sonnenschein, über den grünen Wald.“

Danach sah der lütte Druwappel allerdings nicht aus, und man konnte auch nur wünschen, daß er in dieser Beziehung lieber nicht von der Mutter „erblich belastet“ sein möchte. Aeußerlich glichen die Zwillinge ja auffallend dem Vater, wie aus dem Gesicht geschnitten waren sie ihm.

„Ja, aber wo ist denn Ruth?“ fragte Ilse plötzlich, sich nach allen Seiten umsehend.

In derselben Minute liefen die Kinder jubelnd und lachend einem großen, mit Heu beladenen Wagen entgegen, der, von zwei mächtigen Pferden gezogen, eben in den Hof einfuhr. Und wer saß mit Bauernkindern zusammen hoch oben in dem weichen duftenden Neste, fröhlich singend, wie eine Lerche in der Morgenfrühe? Niemand anders als Ruth! Wie eine Katze kletterte sie herunter und warf sich ungestüm in die bereit gehaltenen Arme von Herrn Werner, der sie lachend auffing und auf einen der breiten Pferderücken setzte.

Ilse kam es in diesem Augenblicke vor, als würde ihr ein Spiegel vorgehalten und sie sähe sich, die wilde Hummel von einst, wie ein Junge auf dem Pferde vor dem Heuwagen reiten, gerade so wie jetzt Ruth. Das war der verhängnisvolle Ausgangspunkt gewesen, von dem aus ihr Leben eine neue Wendung nahm, – kleine Ursachen, große Wirkungen!

Und Ruth glich ihr fast auf ein Haar – und doch wieder nicht. Durch den gänzlichen Mangel an Erziehung, durch das ungebundene Aufwachsen auf dem Lande, war aus ihr das unbändige, jungenhafte, trotzige Mädchen geworden, während bei Ruth dieselben Eigenschaften sich verfeinert hatten, so daß man sie in „temperamentvoll, eigenartig und willensstark" übersetzen konnte. Flora witterte sogar etwas Besonderes hinter ihr, und prophezeite ihr eine große Zukunft. –

Bestaubt, erhitzt, mit glühenden Wangen kam Ruth jetzt herbeigelaufen und umarmte ihre Mutter unter stürmischen Küssen. Sprudelnd und sich überhastend erzählte sie, daß sie schon ganz früh wach gewesen sei, und als sie zum Fenster hinausgesehen habe, wäre Herr Werner unten im Garten gewesen und hätte ihr zugerufen, ob sie mit wolle auf die Wiese zum Heumachen. Da hätte sie sich schnell angezogen, ganz allein. „O, ganz ordentlich," versetzte sie, als Ilses prüfender Blick über ihren Anzug glitt, und brach dann in den begeisterten Ausruf aus: „Himmlisch war's!"

„Wo ist dein Mann geblieben?" fragte Nellie und sah suchend umher, denn der Gutsbesitzer war nicht mehr zu sehen.

„Er wird erst Toilette machen, um würdig vor euch zu erscheinen," erklärte Flora, aber in der gleichen Sekunde erscholl seine laute Stimme von den Ställen her. Er schien mit den Knechten zu schelten, denn einzelne Kraftworte, wie „Donnerwetter, infame Wirtschaft, Dummköpfe", drangen bis zu der Kastanie herüber, zum Gaudium der Zwillinge, die sich halbtot lachen wollten. Flora waren diese Ausbrüche ihres erzürnten Gatten sehr unangenehm; sie wurde verlegen, schalt die Kinder aus, weil sie lachten, und wollte selbst nachsehen, was es denn gäbe. Aber da kam auch schon August den Kiesweg heraufgegangen.

Seine hohen Stulpenstiefel waren voller Staub, und der graue Drellanzug schien zwar sehr bequem zu sein, elegant sah er aber nicht aus. Schlaff und schlappig hing die Joppe über seine breiten Schultern, und das farbige Sporthemd ließ seinen starken Hals frei sehen, der ebenso, wie das Gesicht, vor Aerger und Hitze blaurot war.

Sein Anblick war keineswegs der eines Gentleman, aber wohl der eines viel beschäftigten Landmannes, und hatte für Ilse daher durchaus nichts Fremdes.

Floras deutlich sprechende Blicke, die sie ihm zuwarf, schien er nicht zu bemerken, denn ungeniert ging er auf den Tisch zu und begrüßte Nellie und Ilse.

„Ein ganz famoses Mädel haben Sie, Frau Gontrau," sagte er; „sie hat mir vielen Spaß gemacht heute früh. Das wird mal eine gute Landwirtin!"

Als er der Direktorin die Hand reichte, fragte diese teilnehmend:

„O, haben Sie Aerger gehabt?"

„Ach ja, es giebt immer Aerger, manchmal ist's zum Tollwerden! Lassen die dummen Kerls die Sau mit ihren Jungen zusammen, natürlich hat sie drei davon tot gebissen. Schafsköpfe sind's," setzte er noch hinzu und legte seine Hand so kräftig auf den Tisch, daß das Geschirr klirrend zusammenschlug.

„Aergere dich doch nicht so, lieber August," sagte Flora und strich ihm besänftigend über die Stirn.

„Hesse ist auch ein Esel," fing er wieder an; „bringt beinahe die Hälfte der Butter wieder mit, die bei der Hitze natürlich schon zu einem Matsch geworden ist. Wie ist es mit dem Milchgeld, stimmt's? Der Mamsell muß tüchtig auf die Finger gesehen werden! Und dann müssen auch die Sauerkirschen gepflückt werden, sind schon eine Menge davon gestohlen worden in der letzten Nacht."

„Ja, ja, lieber Mann, es soll alles geschehen, aber nun stärke und erhole dich erst," versuchte ihn seine Frau zu beruhigen, indem sie ihm mit eigener Hand appetitlich belegte Brötchen bereitete und Käthe ins Haus schickte, um ihm etwas Erfrischendes zum Trinken zu holen.

O, welche Wandlung war mit Flora vorgegangen! Mit Staunen bemerkten es die Freundinnen immer von neuem. Sie hätten es kaum für möglich gehalten, daß aus der oft verlachten und verspotteten „Dichterin" eine vernünftige Frau werden könnte, denn soweit es Floras Beanlagung zuließ, war sie wirklich eine solche geworden. Zwar kamen dann und wann noch einige Ueberbleibsel ihrer einstigen Ueberspanntheit zum Vorschein, aber wer könnte auch seine innerste Natur ganz verleugnen? Ueberschwenglichkeit war nun einmal der Grundzug von Floras Charakter. –

Die nächsten Tage vergingen schnell, und das Landleben behagte den großen und kleinen Gästen herrlich. Den ganzen Tag draußen in der guten Luft, Abendspaziergänge durch das Dorf, die Felder und Wiesen, Spazierfahrten in die Umgegend, Picknicks im Walde, und dann, um das beste nicht zu vergessen, die vielen traulichen Plauderstunden unter dem Kastanienbaum, denen der Hausherr auch öfter beiwohnte. Er schien sich in der Gesellschaft der beiden Frauen sehr wohl zu fühlen, und auch diese hatten ihn trotz seiner etwas derben Manieren lieb gewonnen. Oftmals aber fragten sich Ilse und Nellie untereinander, wie diese beiden so verschiedenen Menschen nur zusammengekommen sein mochten? Denn von der Frau, die aus dem Rahmen des Gewöhnlichen heraustritt, wollte August nichts wissen.

„Gelehrte Weiber kann ich nicht leiden," sagte er, als eines Tages wieder die Rede darauf kam.

Flora waren derartige Gespräche immer sehr unangenehm, das konnte man merken.

„Aber, August," widersprach sie ihm, „eine Frau kann sich für alles Schöne und Erhabene interessieren, und braucht deshalb ihre Pflichten als Gattin und Mutter doch nicht zu versäumen."

„Ach was, Firlefanzereien! Strümpfe soll sie stricken und gut kochen können, das ist die Hauptsache."

Mit einem leichten Achselzucken schwieg Flora. Ueber diesen Punkt würden sie sich ja doch nicht einigen.

Nellie hatte sich nun auch an die Trennung von ihrem Fred gewöhnt, sie blühte hier ordentlich auf, und daran konnte man am besten sehen, daß sie in der That einer Erholung bedurft hatte. Der Direktor schrieb oft und so vergnügt und zufrieden, daß sich nach und nach auch die Angst und Sorge um ihn etwas verringerte. Sie verfaßte natürlich täglich lange Briefe, worin mit allen möglichen Variationen das Thema behandelt wurde: Wie geht es dir? Fühlst du dich auch wohl? Schonst du dich genug? Arbeitest du nicht zu viel? Wirst du auch gut versorgt? Ilses Neckereien, wenn sie so stundenlang über einem Briefe saß, ertrug sie geduldig. Ja, sie hatte gut reden, ihr Mann war gesund und kräftig, und konnte mit dem armen leidenden Fred nicht verglichen werden.

Uebrigens war der Briefwechsel zwischen dem Gontrauschen Ehepaar ebenfalls ein reger. Ilse schilderte ihrem Schatz lebhaft alle neuen Eindrücke und neckte ihn damit, daß sie nicht die Spur von Sehnsucht nach ihm habe. Er erzählte dagegen, wie wohl er sich in seinem Strohwitwertume fühle, und wie angenehm es sei, einmal nicht am Gängelbande geführt zu werden. Dann kam auch eines Tages ein Brief von Onkel Heinz an die beiden Frauen, der wahre Schauergeschichten über das Leben und Treiben ihrer Ehemänner berichtete. Darauf erhielt er natürlich eine passende Antwort von Ilse. Der Wildfang Ruth hatte ihren lieben Onkel auch in dieser, für sie neuen Welt nicht vergessen, er hatte schon einige Briefchen von ihr bekommen, und sie natürlich auch von ihm. Uebrigens erschien das kleine lebhafte Ding den Zwillingen und den Dorfkindern als ein Wesen höherer Art, und wie gern ließ sie sich anstaunen! Sie erzählte ihnen Geschichten, daß sie Mund und Nase aufsperrten, und sang die Lieder, welche sie in der Schule gelernt hatte, mit so reizender Stimme vor, daß auch die Großen gern zuhörten. Trotzdem aber liebten die Zwillinge Marianne weit mehr und waren ihr zärtlich zugethan, denn diese verstanden sie, was bei Ruth nicht immer der Fall war. –

Eines Tages sagte Flora, daß sie heute unbedingt einige Besuche im Dorfe bei ihren Kranken machen müsse, und fragte, ob die Freundinnen sie begleiten wollten, was sie natürlich von Herzen gern thaten.

So machten sie sich denn gegen Abend auf den Weg; eine Menge Wein, Fleisch und andre stärkende Sachen wurden, in Körben verpackt, mitgenommen.

„Ihr glaubt nicht, wie mildthätig August ist, niemals kann ich den Armen genug geben,“ sagte die Gutsbesitzerin, als sie mit Ilse und Nellie durch die Dorfstraße schritt.

Ein starkes Gewitter hatte am Tage vorher den ersehnten Regen gebracht, der wie ein erfrischendes Bad für die erschlaffte Natur gewesen war; begierig hatte der trockene Boden jeden Tropfen eingesogen. Jetzt hatte sich der Himmel wieder aufgeklärt, und die Abendsonne spiegelte sich in den vielen großen und kleinen Pfützen, über welche die drei Frauen hinweg schreiten und springen mußten, indem sie die Kleider sorgfältig in die Höhe nahmen.

Wirklich schien man Flora Werner überall gern zu sehen, sie blieb bald hier, bald dort stehen, fragte nach diesem und jenem, und kannte fast von jedem einzelnen die Verhältnisse genau. Aber merkwürdig! Ihre Freundlichkeit, ihre Art, mit den Leuten zu sprechen, konnten doch einen leisen, theatralischen Anstrich nicht verleugnen, und manchmal begegnete sie völlig verständnislosen Blicken, wenn sie sich ihrer hochtrabenden Ausdrücke bediente. Doch, das waren nur Aeußerlichkeiten, wie sich Ilse und Nellie bald überzeugen konnten. Floras Wohlthätigkeitssinn war ein tief innerlicher, er kam von Herzen, und dieses Feld der Thätigkeit, das sie sich geschaffen hatte, war ein segensreiches und trug viel gute Früchte.

Meistens, wenn sie in die engen, schlecht gelüfteten Bauernstuben eintraten, flog es wie ein heller Schein über die Gesichter der alten Weiblein und Männlein, die im Winkel hockten, oder wenn ein Kranker in der Stube lag, hefteten sich seine Augen fragend und suchend auf den Korb, der stets etwas Gutes für ihn enthielt. Bei den jungen Müttern erkundigte sich Flora nach den kleinen Kindern, gab gute Ratschläge und war mit jeder Hilfe bereit. Ja, sie ging sogar so weit, in der Kindererziehung Reformen einführen zu wollen, z. B. die Kinder sollten mehr abgehärtet werden, im zarten Lebensalter nicht alles zu essen bekommen und ähnliches mehr. Da aber fand sie keinen fruchtbaren Boden. In ihrem breiten Platt gaben ihr die Bauernfrauen verständnislose Antworten, indem sie sie dabei dumm gutmütig anlachten, und alles blieb beim alten.

Ganz am Ende des Dorfes stand ein kleines baufälliges Haus, in welchem die junge Witwe eines Knechts wohnte, der im letzten Winter verunglückt war und seine Frau mit sechs Kindern, im Alter von acht bis herunter zu einem Jahre, in größter Not krank und elend zurückgelassen hatte. Hier in dieser armseligen Hütte traten jetzt die drei Freundinnen über die Schwelle. Eine warme, schlechte Luft drang ihnen entgegen, als sie die niedrige Thüre zu dem Raume öffneten, welcher der Familie zum Wohnen und Kochen diente und in dem ein grenzenloses Durcheinander herrschte. Beim Eintritt der Frauen erhob sich von einem alten wackeligen Sofa eine gebrechliche Gestalt und versuchte schnell etwas Ordnung zu machen, aber Flora hielt sie davon zurück.

„Lassen Sie nur, Frau Tolle, bleiben Sie ruhig sitzen, die Damen hier wissen schon, wie es in einer Stube aussieht, wo Kinder sich aufhalten,“ sagte Flora freundlich und räumte selbst drei Stühle ab, auf denen schmutzige Wäsche, in allen Farben gestopfte Strümpfe, zerbrochenes Spielzeug, abgeknabberte Brotreste und ähnliche Dinge umherlagen.

„Ich konnte leider die letzten Tage nicht kommen, weil ich Gäste habe; aber die Sachen, die ich Ihnen schickte, haben Sie doch bekommen, nicht wahr? Na, und wie geht's denn heute, Frau Tolle?“ fragte Flora, indem sie sich neben dieselbe setzte und sie prüfend betrachtete.

Ueber das bleiche, abgezehrte und abgehärmte Gesicht war eine flüchtige Röte gegangen, die es merkwürdig verschönte, als sie den fremden Besuch gewahrte, der heute mit der Gutsfrau gekommen war.

Vor dieser selbst brauchte sie sich ja nicht zu schämen, die kam ja so oft und kannte sie so gut, die war ihr keine Fremde.

„Schlecht, schlecht," antwortete sie leise, „es geht immer schlechter."

„I bewahre, Frau Tolle, Sie sehen ja schon viel wohler aus, verlieren Sie nur den Mut nicht, der liebe Gott wird Ihnen schon helfen," tröstete Flora sanft und liebevoll.

Ein Kopfschütteln war die Antwort, und ein trauriger Blick streifte dabei die Kinder, die sich in die Ecken gedrückt hatten und neugierig die Fremden anstarrten. Sie sahen schmutzig und zerlumpt aus, sauber und gut gekleidet wären es gewiß hübsche Kinder gewesen. Nur bei dem zweitjüngsten, einem kleinen Mädchen von zwei Jahren, wirkten die Lumpen geradezu malerisch zu der Schönheit des Kindes. Es saß der ältesten Schwester auf dem Schoß; wirre, ungepflegte blonde Löckchen fielen tief über ihr Gesichtchen, das unter den zurückgelassenen Spuren schmutziger Finger dennoch rosig schimmerte. Scheu sah es mit seinen großen braunen Augen Nellie an, welche mit ihm sprach und liebkosend die nackten braunen Füßchen streichelte.

„O, wie süß ist das baby," sagte sie zu Ilse. „Wie heißt du?" fragte sie das Kind.

„Aennchen," antwortete die ältere Schwester.

„Willst du der Tante nicht ein Händchen geben?" fragte sie weiter.

Das weiche Kinderpatschchen legte sich zögernd in die Hand der jungen Frau, aber ohne Widerstreben ließ sich die Kleine dann von ihr auf den Schoß nehmen. Zärtlich strich ihr Nellie die hellen Ringeln von der Stirn.

Flora hatte inzwischen Fleisch und Wein für die Kranke aus dem Korbe genommen und versprach für die Kinder abgelegtes Zeug zu schicken.

Müde und apathisch dankte die Frau.

Die Luft in dem kleinen Raume war zum Ersticken; Ilse, die kaum Atem zu holen wagte, wollte das Fenster öffnen, aber fröstelnd schauerte die Kranke zusammen, und sie ließ es geschlossen.

„Wo ist denn die Mutter?“ fragte Flora sich umblickend.

„Ach, die holt ein bißchen Futter für die Ziege,“ entgegnete die junge Witwe.

„Kommt sie denn bald wieder?“ forschte Flora weiter. „Sie können doch in Ihrem elenden Zustande nicht allein bleiben.“

„Die Kinder sind ja da.“

„Die können Ihnen doch nichts helfen, auf die müssen Sie ja noch dazu achtgeben, Frau Tolle. Nein, nein, so geht das nicht länger,“ sagte Flora. „Und den Arzt schicke ich Ihnen morgen auch wieder, er soll jetzt alle Tage kommen, der macht Sie bald wieder gesund, passen Sie nur auf.“

„Der kann mir auch nicht mehr helfen ...“ Unendlich schmerzlich klangen diese Worte.

„Das müssen Sie nicht sagen, Frau Tolle! Trinken Sie nur tüchtig von dem Wein, der kräftigt Sie, und wenn er zu Ende ist, bringe ich mehr. Ich komme bald wieder und sehe nach Ihnen, hoffen Sie nur auf Gott. Guten Abend und recht, recht gute Besserung.“

Flora ergriff die magere, knochige Hand, die sich auch Ilse und Nellie entgegenstreckte, und dann verließ sie mit den Freundinnen diese Stätte menschlichen Elends.

Alle drei atmeten erleichtert auf, als sie draußen die frische Abendluft empfing, und sie nicht mehr das jammervolle Bild vor Augen hatten. Ilse konnte sich über die Armseligkeit in dem Häuschen, die einen tiefen Eindruck bei ihr hinterlassen hatte, nicht beruhigen; Nellie sprach in einem fort von dem armen, süßen Aennchen, und Flora erzählte die Krankheits- und Leidensgeschichte der armen Frau Tolle ausführlich. Alle drei waren von dem, was sie eben gesehen hatten, schmerzlich ergriffen.

„Sie hat sich nach dem letzten Kinde nicht mehr erholen können; der Doktor sagt, es wäre ein schweres Herzleiden und nicht zu heilen,“ berichtete Flora. „Ach, wenn sie dann nur bald erlöst würde, die Aermste.“

Dieser Wunsch sollte bald in Erfüllung gehen! –

Bei dem abendlichen Zusammensein unter der Kastanie wurde der traurige Fall eingehend erörtert, und in den folgenden Tagen für die unglückliche Familie ausgiebig gesorgt. Der Arzt mußte täglich nach der Kranken sehen, und eine tüchtige Pflegerin besorgte Flora ebenfalls. Diese freundliche Fürsorge erhellte die letzten Tage der Schwergeprüften; sie wurde liebreich gepflegt, samt ihren Kindern mit allem Nötigen versehen, und so empfand sie noch einmal einen schwachen Schimmer von Glück.

Eines Abends, als die untergehende Sonne auch den armseligen Raum, wo die Kranke lag, mit ihrem lichten Glanze erfüllte, schlossen sich ihre Augen für immer – ruhig und sanft schlummerte sie ein. –

Die Nachricht von ihrem Tode erreichte die Gutsherrschaft gerade, als sie mit ihren Gästen fröhlich plaudernd zusammensaß, und zwar wie gewöhnlich auf dem Platze unter der Kastanie.

„O, die armen Kinder, das süße baby, was wird daraus?“ rief Nellie mit Thränen in den Augen.

„Ja, ja, wir müssen helfen,“ sagte Herr Werner überlegend. Dann fragte er seine Frau: „Wie viel Kinder sind da?“

„Sechs,“ antwortete sie. „Es ist ein Jammer! Bei der halb blödsinnigen Großmutter können sie nicht bleiben, und alle die Kleinen dem Waisenhaus übergeben – es ist zu traurig!“

„Ich will sehen, ob ich nicht einige unterbringen kann,“ sagte ihr Mann. „Deichmanns auf der Domäne könnten ganz gut eins zu sich nehmen, die haben Geld und keine Kinder. – Das will ich schon machen. Na, und dann denke ich, wir könnten auch eins annehmen, was meinst du dazu, Frau? Natürlich mußt du dir's reiflich überlegen, aber wenn du willst – ich bin's zufrieden.“

„O, Herr Werner, dann nehmen Sie das kleine Aennchen; o, es ist ein zu wonniges baby!“ rief Nellie begeistert, während Ilse mit aufrichtiger Bewunderung den großen Mann mit dem guten Herzen anblickte und auch Floras Gesicht einen freudig stolzen Ausdruck zeigte.

Den ganzen Tag nach diesem Gespräche blieb Nellie still und nachdenklich, und als sie abends mit Ilse allein in ihrem Zimmer war, da erfuhr die letztere, daß die Direktorin fortwährend an klein Aennchen dachte und sich ausmalte, wie das liebliche Geschöpf wohl aufblühen würde, wenn es hier erst mit den Zwillingen zusammen wäre. Mit einem tiefen Seufzer schloß sie ihre Betrachtungen.

„Höre, Nellie," rief Ilse plötzlich, „wenn dir das Kind so gut gefällt, so nehmt ihr es doch zu euch."

So schnell wie ihr der Gedanke durch den Kopf gefahren war, hatte sie ihn auch ausgesprochen. Aber Nellie wurde blutrot bei diesen Worten, und es schien beinahe, als hätte Ilse sie bei ihrem eigenen Gedanken ertappt; doch heftig schüttelte sie den Kopf.

„Nein, o nein, Ilse, denke doch – Fred!" rief sie aus.

„Na, dein Mann wird doch nicht nein sagen."

„O, Fred würde es nicht wollen; nein, das geht nicht."

„Ob dein Mann das nicht will, weißt du ja gar nicht, aber möchtest du es denn?" fragte Ilse, die Freundin scharf beobachtend.

„O, ich möchte sehr gern, gewiß möchte ich, ich liebe die babys so sehr," erwiderte Nellie leise. „Aber es geht nicht, es geht nicht!" fuhr sie lauter fort. „Ich habe auch keine Zeit für solch kleines Ding; Fred nimmt meine Pflege ganz in Anspruch, ich müßte ihn vernachlässigen, o, und das ginge doch nicht."

Und wieviel auch Ilse dagegen sagte, wieviel auch hin und her gesprochen wurde, Nellie blieb dabei, „es ginge nicht." Ganz aufgeregt begaben sich die beiden zur Ruhe, jede lebhaft mit ihren eigenen Gedanken beschäftigt.

Aber Ilse ließ sich von ihrem „guten Gedanken", wie sie ihn nannte, nicht abbringen, wenigstens in ihrem Innern nicht, auch nachdem Nellie sie gebeten hatte, darüber für immer zu schweigen.

Am andern Tage da hatten Frau Ilse Gontrau und Frau Flora Werner merkwürdig oft zusammen zu tuscheln, und die diskrete Nellie, die keine Ahnung hatte, worüber sie sprachen, und auch gar nicht neugierig war, zog sich dann jedesmal mit den Kindern zurück, um mit ihnen zu spielen.

Nach Tische saßen Ilse und Flora im Zimmer der letzteren. Flora hatte einen Briefbogen vor sich liegen, auf welchem sie eifrig schrieb, während Ilse diktierte.

„Nein, so doch nicht, lieber so," unterbrach sie sich dabei oft, und dann wieder ließ Flora ihre Bedenken einfließen. Auf diese Manier wurde viel geschrieben, beinahe ebensoviel gestrichen und wieder von vorn angefangen. Was mochte das wohl für ein wichtiges Schreiben sein! Endlich aber war es fertig, Ilse hatte es abgeschrieben, und als der Briefträger kam, wurde es diesem übergeben mit der ausdrücklichen Weisung, den Brief ja ordentlich und pünktlich zu besorgen.

Was er wohl dazu sagt, ob er es wohl thut? Diese Fragen tauschten die beiden Geheimnisvollen in den nächsten Tagen unzählige Male aus, und mit Spannung sahen sie jeden Morgen dem Briefträger entgegen.

Eines Tages erschien er, als die Freundinnen wieder wie gewöhnlich den Kaffee unter dem grünen Blätterdach einnahmen. Für Ilse hatte er nichts, aber Nellie gab er einen Brief, den sie ihm hastig abnahm.

„Von Fred," sagte sie leicht errötend, worauf sie sich erhob und ins Haus ging, um den Brief dort zu lesen, denn sie war gern allein, wenn sie die Episteln von ihrem Fred studierte.

Voller Erwartung blieben die beiden zurück. Nun sie so unmittelbar vor der Entscheidung standen, hatten sie keine geringe Angst, denn es war doch ein kühnes Wagestück gewesen, das Ilse unternommen hatte.

Nach kurzer Zeit erschien Nellie in der Hausthür mit dem Briefe in der Hand, und kam eiligst den Kiesweg daher geschritten. Ilse und Flora klopfte das Herz, und sie wagten die junge Frau erst anzusehen, als sie vor ihnen stand. Sie hatte rotgeweinte Augen, in welchen noch die hellen

Thränen standen, aber zugleich umspielte ein glückliches Lächeln ihre Lippen.

„O Ilse, was bist du eine darling, o was bist du gut, was hast du für mir gethan!“ rief sie, indem sie die Freundin umarmte und küßte. In ihrer Erregung lag sie mit der deutschen Sprache, die sie in den letzten Jahren fehlerlos beherrschte, auf einmal wieder im Kampfe. Wie früher mißhandelte sie dieselbe in der komischsten Weise, als sie jetzt hastig weiter sprach, freudig und gerührt zugleich. Endlich entfaltete sie den Brief ihres Fred und las ihn mit zitternder Stimme vor. Es stand darin: daß er nichts dagegen habe, wenn sie das kleine verwaiste Kind zu sich nehmen wolle, es wäre ihm sogar sehr lieb, wenn sie, Nellie, in den vielen Stunden, die sie einsam und allein zubringen müßte, etwas Unterhaltung und Zerstreuung hätte, und er hoffe auch, daß das kleine Geschöpf einiges Leben in ihr stilles Haus bringen würde.

Ilse sah Flora lächelnd an. Fast wörtlich wiederholte er, was sie ihm geschrieben hatte.

„Nun Nellie, bist du zufrieden? Habe ich es gut gemacht?“ fragte Ilse, als diese zu Ende gelesen hatte.

„O, o, was für ein gutes Mann habe ich, und wie soll ich dich danken, lieb Ilschen,“ antwortete sie überglücklich und als ob sie ein Gelübde ablegte, fuhr sie leise fort: „O, wie will ich die kleine baby lieb haben, und wie will ich den lieben Gott recht bitten, daß er eine gute Mutter aus mich macht. Ilse, wie soll ich dich das wieder gut machen?“

„Nein, nein, Nellie, so darfst du nicht sprechen,“ wehrte diese ab. „Was du an dem einstigen Trotzkopf gethan hast, kann ich dir ja doch nie wieder vergelten.“

Innig umarmten sich die beiden Freundinnen.

Das erste war dann, daß sich die Direktorin hinsetzte und dem einzigen Fred schrieb. Bis die äußeren Formalitäten erledigt waren, flog zwischen den Ehegatten noch mancher Brief hin und her. Althoff war zu sehr mit

Arbeit überhäuft, wie er schrieb, sonst wäre er selbst gekommen, um seine Frau und das Pflegetöchterchen zu holen. –

Klein Aennchen aber siedelte schon am nächsten Tage zu ihrer neuen Mutter über, und frisch gewaschen, sorgfältig gekämmt, in einem neuen Kleidchen, sah das Kind wirklich reizend aus. Die andern Geschwister wurden so gut wie möglich untergebracht; den einen Jungen nahmen Werners zu sich und wollten ihn etwas Tüchtiges lernen lassen.

So war mit dem düsteren Tod zugleich das Glück in die arme Hütte eingekehrt und suchte sich unter den Waisen seine Lieblinge heraus, um sie ihrem bisherigen Elend zu entreißen.

Die schöne Zeit bei Flora hatte nun noch einen ereignisreichen Abschluß gefunden, und das Band, das die Freundinnen an Flora knüpfte, war diesmal ein unauflösliches geworden. Der Abschied fiel allen sehr schwer, und die vielen Thränen, die dabei vergossen wurden, waren wohl der beste Beweis, daß die Freundschaft von neuem feste Wurzeln gefaßt hatte.

*

Klein Aennchens Anwesenheit brachte bei dem Ehepaar Althoff wahre Wunderdinge zu stande. Nellie mußte ihre Pflege von nun an teilen und, was sie nie geglaubt hätte, ihr Fred kam dabei nicht zu kurz, ja, seine Leiden besserten sich sogar in auffallender Weise. Wenn er abgespannt nach Hause kam, waren jetzt nicht mehr die besorgten Fragen seiner Frau das erste, was ihn empfing – zunächst war da klein Aennchen die Hauptsache, und darüber vergaß Fred seine Klagen und Nellie ihre Fragen. Was die Kleine nicht alles verstand und wußte! Beide konnten ihre Vorzüge nicht genug rühmen, es gab kein aufgeweckteres und hübscheres Kind, und das „Erziehen“ hätte leicht ein „Verziehen“ werden können, wenn nicht Frau Ilse und Onkel Heinz auch noch dagewesen wären. Die Vorträge des letzteren über Kindererziehung waren allerdings oft zu theoretisch gehalten, um zu wirken, aber desto mehr fruchteten die Ermahnungen der Freundin, welche Nellie vorwarf, daß sie viel zu gutmütig und schwach dem Kinde gegenüber sei, das schon jetzt manchmal versuchte, die andern zu tyrannisieren. Aber trotzdem hatte es helles Glück in das Heim seiner Pflegeeltern gebracht, es war der Mittelpunkt, um den sich alles drehte, und wuchs frisch und fröhlich auf, nicht ahnend, aus welcher trostlosen Umgebung einst sein junges Leben hierher verpflanzt worden war.

*

So vergingen die Jahre – schnell, wie im Fluge! Sie brachten Freuden und Leiden in ihrem Gefolge mit sich und teilten diese Gaben bald nach Verdienst, bald ungerecht aus. Der eine bekam mehr vom Regen, der andre mehr vom Sonnenschein, dem einen erschien das Glück früher, dem andern später und manchem nie.

Auch an unsern Freunden zog die Zeit in buntem Wechsel vorüber, frohe und trübe Tage waren in das Meer der Vergangenheit gesunken – einer nach dem andern. Ganz verschont hatte das Schicksal keinen, aber unerbittlich hart war es nur in der Familie des Superintendenten aufgetreten, als dunkle schwere Wolke lagerte es jahrelang über ihnen.

Wie wir wissen, glaubte Rosi ihren Fritz mit harter Strenge erziehen zu müssen, und so wurde aus dem fröhlichen, frischen Kinde schließlich ein stiller, verschlossener Junge. An den Vergnügungen seiner Schulkameraden durfte er meistens nicht teilnehmen, weil es in der Schule mit ihm noch immer nicht besser gehen wollte. Begreiflicherweise, denn infolge der zu großen Strenge fehlte ihm jeder Eifer, alle Lust und Liebe zum Lernen. An seinem Vater hatte er nur einen schwachen Halt, auch war derselbe in den letzten Jahren mit Arbeit sehr überbürdet und konnte sich seiner Familie nicht so widmen, wie er wohl wünschte. Rost war wie mit Blindheit geschlagen! Durch fortwährende Strafpredigten glaubte sie etwas erreichen zu können und ahnte nicht, was sie damit in der jungen Seele anrichtete. Fritz stand wie unter einem schweren Drucke, und doch regte sich die Lebenslust mächtig in ihm; er hätte hinauslaufen mögen, weit weg; er fühlte oft den unwiderstehlichen Drang, die strengen Fesseln zu zerreißen. Und immer häufiger kamen solche

Gedanken wieder, und nahmen mehr und mehr Besitz von ihm. Die weite Welt stand verführerisch lockend vor seinen Blicken. –

Eines Tages kam er aus der Schule nicht mehr nach Hause – er war damals fünfzehn Jahre alt. Tage, Wochen, Monate vergingen, ohne daß die angestellten Nachforschungen irgend einen Erfolg gehabt hätten er war und blieb verschollen. Tief gebeugt wiederholte Rosi immer die Worte: „Gottes Hand ruht schwer auf uns." Ob sie sich wohl innerlich Vorwürfe machte, oder das Unglück nur als eine Fügung des Himmels ansah? Von ihrem Manne hörte sie kein Wort des Tadels. Er, den die schwere Prüfung ganz niederdrückte, suchte doch immer nach einem Troste für Rosi und klagte sich selbst wegen seiner Schwäche an, ihr in den letzten Jahren die Erziehung des Jungen fast allein überlassen zu haben. Tante Emilie ihrerseits versuchte Rosi jeden Zweifel dadurch zu benehmen, daß sie sagte, Fritz wäre nun einmal leichtsinnig veranlagt gewesen und sie habe so etwas schon immer kommen sehen. Aber solche Worte fanden doch nur einen kurzen Wiederhall in dem betrübten Mutterherzen. Eine drückende Schwüle herrschte in dem Pastorenhause seit dem Unglück. Auch jetzt nach Jahren noch, als Elisabeth zu einem jungen Mädchen herangewachsen war, konnten sich Rosi und ihr Mann nicht entschließen, sie in die Welt einzuführen. –

Freundlicher sah es bei Gontraus aus. Dort brachten Ruth und Marianne, jetzt im achtzehnten und siebenzehnten Lebensjahre stehend, Lust und Fröhlichkeit ins Haus. Zu blühenden, lieblichen Geschöpfen waren sie herangewachsen; etwas Verschiedenartigeres aber, als diese beiden Schwestern, konnte man sich nicht denken. Die jüngere blond, rosig, zierlich, die ältere groß, schlank, eigenartig, mit dunklen, sprechenden Augen und einem ewig wechselnden Mienenspiel. Viele fanden Marianne schöner, wozu auch wohl ihr liebenswürdiges, sanftes Wesen beitrug. Ruth dagegen mit ihrem lebhaften Temperament war nicht so bequem für den Verkehr, und Ilse hatte manchmal ihre liebe Not, den leidenschaftlichen, aufbrausenden Sinn derselben zu dämmen. Wie oft mußte sie sich von Leo necken lassen, wenn sie über Ruth klagte und er antwortete: „Ganz die Mutter." Aber daß aus ihr nicht ein gleicher

Trotzkopf wurde, wie sie es einst gewesen war, dafür hatte sie gesorgt und ihrem Kinde dadurch viel schwere Stunden erspart. Die alte Kinderfreundschaft zwischen Onkel Heinz und Ruth bestand noch immer, er war ihr bester Vertrauter, und man mußte sich nur wundern, mit welcher Liebe, mit welchem Verständnis er in dem jungen Mädchenherzen zu lesen wußte. Wenn man sie fragte: „Wer ist deine beste Freundin?“ antwortete sie: „Onkel Heinz!“ Von ihm ließ sie sich weit mehr sagen, als von andern, trotzdem er oft nicht gerade den rücksichtsvollsten Ton anschlug. Ilse war jetzt eine Frau Professor geworden, aber auch unter dieser neuen Würde hatte sie sich ihren frischen, natürlichen Sinn erhalten. Die Jahre hatten ihr wohl äußere und innere Veränderungen gebracht, aber den Grundton ihres Charakters konnten sie nicht verwischen. Sie war der Mittelpunkt im Hause, um den sich alles drehte, ihr Mann vergötterte sie noch immer, und ihre Töchter liebten sie, wie nur Kinder eine Mutter zärtlich lieben können; sie war ihnen Mutter und Freundin zugleich.

So war denn der Tag herangekommen, den Leo schon herbeigesehnt hatte, als Ruth und Marianne noch kleine Mädchen waren, der Tag, an dem er sie auf den ersten Ball führen konnte.

Der erste Ball! Welches Zauberwort für ein junges Mädchenherz! Marianne und Floras Zwillinge, die schon seit einigen Wochen bei Gontraus zum Besuche waren, befanden sich denn auch in heller Aufregung, selbst Ilse schien von dem Ballfieber mit angesteckt zu sein. Sogar Leo war nicht ganz unberührt davon geblieben; als er aber beim Mittagessen fragte, ob die Toiletten der Kinder auch in Ordnung wären, brachen die jungen Mädchen in ein unsinniges Gelächter aus, denn eine solche Frage von ihm war etwas ganz Ungewöhnliches. Nur Ruth fand es lächerlich, sich um einen „lumpigen Ball“, wie sie sagte, so aufzuregen.

Gegen Abend kam Nellie, die treue Seele, mit Aennchen, das inzwischen ein großes Mädchen geworden war, um, wie immer, wenn es etwas Besonderes zu thun gab, zu helfen, denn vier kleine Balldamen herzurichten, war keine Kleinigkeit.

„Nun fang nur auch an, Ruth, du wirst sonst nicht fertig," sagte die Direktorin, als dieselbe noch immer keine Miene machte, mit ihrer Toilette zu beginnen.

„Um Gottes willen, Tante, langes Anziehen ist mir verhaßt, ich werde noch früh genug fertig," rief das junge Mädchen und sah etwas spöttisch lächelnd auf die Schwester und die Freundinnen, die schon eifrig dabei waren, sich zu putzen, und deren Wangen vor Eifer glühten. Sie war doch ganz anders geartet, als sonst die Mädchen ihres Alters, deren Interessen sie meist nicht teilte. So hatte sie auch darauf bestanden, mit Marianne nicht gleich gekleidet auf den Ball zu gehen, was diese sehnlich wünschte.

„Um Himmels willen, nur nicht wie zwei Inseparables," hatte Ruth gesagt, als die Rede davon war; „wir sind so grundverschieden, und ich weiß genau, daß wir in der Auswahl der Farben nicht übereinstimmen würden, fügen aber würde ich mich nicht. Was würdest du z. B. für eine Farbe wählen, Marianne?"

„Ruth, Ruth, nur nicht gleich so herrschsüchtig," hatte Ilse gemahnt; aber als Marianne antwortete, sie liebe rosa so sehr, da war sie doch wieder aufgebraust.

„Natürlich rosa! Ich dachte es mir doch; da würde ich dir ja hübsch zur Folie dienen. Ich und ein rosa Kleid mit meinem Teint! Eine solche Geschmacklosigkeit!"

„Einem jungen Mädchen steht alles," hatte Marianne in weisem Tone erwidert.

„Na ja, natürlich! Wie kann man nur eine solche Phrase wiederholen, das ist einfach dumm. Natürlich du mit deiner rosigen Haut wirst wie ein Pfingströschen aussehen – aber ich! Mache doch nur die Augen auf und denke dir eine solche Farbenzusammenstellung!"

Und so war es fortgegangen, bis Marianne in Thränen ausbrach und Ruth sie nun auf alle Weise zu trösten versuchte, denn sie liebte ihre blonde Schwester trotzdem zärtlich. Doch dazwischen hatte sie geklagt, ihr würde immer gleich alles übelgenommen, niemand verstände sie.

Warum gerade sie wie eine Vogelscheuche aussehen sollte, während Marianne natürlich einem Engel gleichen würde. Hätte nicht Nellie mit der trockenen Bemerkung: sie habe noch nie eine Vogelscheuche in einem rosenroten Ballkleide gesehen, Ruths Redefluß ein Ende gemacht, so wären deren leidenschaftliche Ausbrüche und Mariannes Thränen gewiß noch lange nicht versiegt. So aber halten beide lachen müssen, und die Toilettenfrage hatte in Ruhe erledigt werden können.

Floras Zwillinge waren zwei ebenso frische, rotbäckige Mädchen geworden, wie sie zwei frische, rotbäckige Kinder gewesen waren, und als sie jetzt in ihren blauen Ballgewändern neben der in rosa Seide gekleideten Marianne standen, mußte man sich über diese drei anmutigen Mädchenblüten freuen. Und was war natürlicher, als daß in Ilse sowohl als in Nellie durch diesen Anblick die Erinnerung geweckt wurde, wie sie sich zum ersten Balle in der Pension geschmückt hatten, und daß sie nun zum Ergötzen der Kinder davon erzählten.

Mitten in das lebhafte Sprechen und Lachen hinein ertönten plötzlich aus dem Nebenzimmer die Klänge eines Flügels und Ruths Stimme.

„Das ist wieder echt wie Ruth, setzt sich hin und singt und denkt gar nicht an den Ball; am liebsten säße sie überhaupt den ganzen Tag am Flügel. Es ist ja die höchste Zeit, daß sie sich anzieht," sagte Ilse, aber unwillkürlich lauschte sie doch mit den andern eine Weile auf die vollen, herrlichen Töne, und als sie endlich eindrangen zu der Sängerin, fanden sie dieselbe schon fix und fertig angezogen. Neugierig wurde sie von der Schwester und den Freundinnen umringt, besehen und bewundert. In ihrem einfachen, weißen Kleide sah sie reizend aus; ohne jeden Schmuck, ohne Blumen hatte sie etwas Keusches, Unnahbares.

Die andern drei Balldamen rümpften allerdings die Nase über den gar zu einfachen Anzug; die eine riet noch zu einer Korallenkette um den Hals, die andre zu Blumen im Haar.

Ruth lehnte alles ab.

„Kinder, laßt mich in Ruhe, ich thue ja doch, was ich will!" rief sie.

In diesem Augenblicke erschien das Mädchen mit zwei wundervollen Bouquets, das eine ganz aus rosa, das andre aus weißen Blüten. Marianne wurde wie mit Purpur übergossen, als sie die Karte las, die in den Blumen steckte. „Von Herrn Jansen," sagte sie strahlend und betrachtete das weiße Blättchen Papier noch eingehender, als den kostbaren Strauß.

Herr Jansen, der Sohn des besten Jugendfreundes von Onkel Heinz war vor einiger Zeit aus den Tropen zurückgekehrt, wo er sich als Kaufmann ein bedeutendes Vermögen erworben hatte, und durch den Professor bei Gontraus eingeführt worden. Er verkehrte in dieser Familie ebensoviel und ebensogern, wie Onkel Heinz, und auch heute war er von Leo zu dem ersten Balle seiner Töchter eingeladen worden.

Die beiden jungen Mädchen hielten noch immer die duftende Spende in den Händen.

„Sieh nur, Mama, der entzückende weiße Flieder," rief Ruth, und Marianne zeigte Nellie wohl zum zehnten Male schon, wie herrlich die roten Kamelien in ihrem Strauße wären. Dazwischen tönten die kräftigen Stimmen der Zwillinge: „O, wie reizend, himmlisch, süß," und Aennchen lief bald hierhin, bald dorthin, um alles aufs Genaueste zu sehen und zu hören.

Der Kranz von strahlenden, freudig erregten Mädchengesichtern war in der Thal ein entzückender Anblick, und selbst Onkel Heinz schien Empfindung dafür zu haben, denn als er jetzt die Thüre öffnete, blieb er wie angewurzelt in derselben stehen.

„Alle Wetter, ist das ein Staat!" rief er endlich laut.

Alle drehten sich um, und Ruth flog ihm entgegen. Mit Lachen und Jubeln, wie sie es als Kinder gethan, umzingelten ihn nun auch die andern jungen Dinger. Wahrhaftig, so viel Jugend und Lieblichkeit auf einmal wurde einem alten Junggesellen nicht so leicht geboten, und er konnte sich wohl darüber freuen. Im Grunde genommen schien er das auch zu thun, denn sein schmunzelndes Gesicht paßte nicht recht zu seinen abwehrenden Bewegungen. Zwischen den hellen Farben rings um ihn herum stach seine dunkle Gestalt ab, wie ein schwarzer Käfer auf bunten Blütenblättern.

„Onkel Heinz, gefalle ich dir?“ – „Wie findest du mein Kleid, steht es mir wohl gut?“

„Onkel Heinz, habe ich auch nicht zu rote Backen?“ So rief und fragte es von allen Seiten, und immer enger wurde er von den jungen Mädchen umschlossen, immer eindringlicher bestürmten sie ihn mit Fragen; er wußte schließlich weder aus noch ein und hielt sich mit beiden Händen die Ohren zu.

„Scheußlich seht ihr alle aus,“ platzte er endlich hervor und hoffte wahrscheinlich durch diese derbe Kritik von den Quälgeistern befreit zu werden; aber darin hatte er sich getäuscht, nun ging es erst recht los.

„Onkel Heinz, sage doch ehrlich, sehen wir wirklich scheußlich aus?“ – „Ist das dein Ernst?“ – „Gefallen wir dir nicht?“ so schwirrte es von neuem durcheinander.

„Findest du, daß mir Rosa gut steht?“ fragte Marianne, und ihre Augen hatten dabei einen so süß bittenden Ausdruck, daß der Professor nicht widerstehen konnte.

„Na, es geht!“ antwortete er und betrachtete sie eingehend. „Aber sage mal, du mußt etwas um den Hals binden, du erkältest dich ja sonst. Herr Gott, was ist das überhaupt für eine Verrücktheit, sich so anzuziehen! In euren Hauskleidern gefallt ihr mir viel besser. Ihr werdet euch mit dem bloßen Hals und den nackten Armen einen schönen Schnupfen holen.“

Da gab es wieder zu lachen über eine solche Ansicht.

„Wen findest du denn am hübschesten, Onkel Heinz?“ fragte Thusnelda.

Seine Blicke schweiften umher und blieben an seinem Lieblinge Ruth haften; er brauchte deshalb gar keine Antwort zu geben.

„Natürlich Ruth, das haben wir uns gleich gedacht!“ riefen sie alle.

„Onkel Heinz, hättest du für mich vielleicht ein weißes Kleid hübscher gefunden?“ fragte Marianne.

„Ja Kind, wie die Frauenzimmer zu einem Balle angezogen sein müssen, weiß ich wahrhaftig nicht, das verstehe ich nicht.“

„Bist du denn nie auf einem Balle gewesen?“ fragte Marianne.

Nun war es Onkel Heinz, der in ein homerisches Gelächter ausbrach.

„Gott sei Dank, nein! Zu solchen unnützen Geschichten habe ich mein Lebtag keine Zeit gehabt, ich hatte Besseres zu thun.“

„Weißt du was, Onkel Heinz,“ schlug Ruth vor, „komm mit auf den Ball, denn bevor du einmal einen kennen gelernt hast, kannst du doch gar nicht darüber urteilen.“

„Ja, ja, komm mit!“ riefen nun auch die andern.

„Ich tanze so viel Tänze mit dir, wie du willst.“

„Und ich bringe dir den schönsten Kotillonorden.“

„Mich darfst du zu Tische führen.“

„Wir wollen überhaupt thun, was du willst.“

Sie überboten sich in verlockenden Aussichten, und wieder ragte der Professor als schwarzer Punkt aus ihrer hellen, duftigen Mitte hervor.

„Kröten, so laßt mich endlich in Ruhe, ihr seid ja außer Rand und Band!“ rief er, sie zurückdrängend.

Bei dem lebhaften Durcheinandersprechen hatte man ganz überhört, daß die Thüre geöffnet wurde, bis Ilse plötzlich Herrn Jansen andächtig auf der Schwelle stehen sah. Ihn bannte dort das reizende Bild, das er erblickte, und mit neidischen Augen betrachtete er Onkel Heinz in dem blühenden Mädchenkranze.

Ilse ging ihm entgegen, und die kleinen Balldamen stoben nach allen Seiten auseinander, als die hohe Gestalt näher kam. In Mariannes Antlitz aber stieg eine heiße Blutwelle bei seiner herzlichen Begrüßung, doch bewundernd blieb sein Blick an Ruth hängen, deren Hand noch in des

Professors Arm lag. Die schlanke, weiße Gestalt schien ihn ungemein zu fesseln, und er nahm ihre zum Gruße dargebotene Rechte mit großer Wärme entgegen.

„Du bist zu beneiden, Onkel," sagte er halblaut.

Jetzt kam auch Leo ins Zimmer, im feierlich schwarzen Anzuge mit weißer Cravatte, und drängte zur Eile, die Wagen ständen bereits vor der Thüre.

„Ja, nun macht nur," mahnte sogar Onkel Heinz, „Tänzer werdet ihr wohl nicht mehr bekommen."

„Onkel, daß du nicht mitkommen willst, ist aber doch jammerschade; jetzt habe ich gar keine Lust mehr zu dem Balle," meinte Ruth.

„Na, daß du sagst, du habest zu solchem Unsinn keine Lust, ist wenigstens mal ein vernünftiges Wort," erwiderte der Professor. „Aber es geht nun doch nicht anders, du mußt mit, du armes Opferlamm."

„Onkel Heinz," rief Ruth freudig, als hätte sie plötzlich einen guten Einfall bekommen, „weißt du was? Du bleibst hier, und ich bleibe bei dir, und wir beide verleben einen recht gemütlichen Abend zusammen. Ach, das wäre reizend!"

„Und was würde aus meinem versprochenen Walzer?" fragte Herr Jansen.

„O, da könnte mich ja Marianne vertreten," gab sie zur Antwort und schmiegte sich zärtlich an den Professor. „Onkel Heinz, ich bleibe bei dir und singe dir alle deine Lieblingslieder vor."

Etwas wie Rührung flog nun doch über das Gesicht von Onkel Heinz, und seine Stimme klang seltsam weich, als er sagte:

„Alte Kröte du! Auf dem Ball wirst du dich doch wohl besser amüsieren, als mit mir alten langweiligen Knaben hier zu Hause. Nein, nein, gehe nur, dieser Unsinn gehört nun einmal mit zum Leben, wie so viele andre unnütze Geschichten. Ich gehe nach Hause und lese, das ist mir doch das liebste. Morgen vormittag komme ich dann mal vor und lasse mir von eurer Hopserei berichten. Alte, gute Kröte du!"

Er klopfte sie zärtlich auf die Backe.

Marianne und die Zwillinge waren inzwischen warm eingepackt worden, was für sie wieder eine Sache von größter Wichtigkeit gewesen war. Diese Angst, daß die Kleider und Blumen zerdrückt werden möchten – es war eine große Not. Leo stand mit der Uhr in der Hand dabei, während die geschäftigen Hände in fieberhafter Unruhe flogen, und durcheinander rief es:

„Wo habt ihr denn meinen Strauß hingelegt?"

„Beste Tante Nellie, hast du meine Handschuhe nicht gesehen?"

„Thusnelda, du hattest doch noch eben meinen Fächer in der Hand!"

„Mein Taschentuch hatte ich hier auf den Tisch gelegt, wer hat es denn fortgenommen?"

Dazwischen drängte Leo, es sei die höchste Zeit, daß sie fortkämen; Ilse schalt über die Unordnung, Aennchen suchte überall herum, trat dabei auf Hildegards Kleid und warf eine Blumenvase um, in welche Marianne ihren Strauß gestellt hatte, so daß sich das Wasser über den Tisch auf den Fußboden ergoß und alle flüchten mußten – kurz und gut, richtete mit ihrer gutgemeinten Hilfe nur Unheil an. Nellie aber hatte gar nichts gesagt, sondern stillschweigend gesucht und in kurzer Zeit alles Fehlende gefunden.

„Um Gottes willen, ist das eine Wirtschaft! Ich mache mich aus dem Staube," sagte Onkel Heinz. „Adieu, Frau Ilse, adieu, Kinder! Na, und viel Vergnügen zu der Geschichte. Bist du denn auch warm genug, Kröte?" fragte er seinen Liebling Ruth und zog ihr dabei das weißseidene Kopftuch noch tiefer in die Stirn.

Die übrigen waren bereits die Treppe hinabgestürmt, nur Nellie stand noch oben und verabschiedete sich von Aennchen. Immer wieder küßten sich die beiden und konnten sich nicht von einander trennen, bis es von unten rief:

„Ruth und Nellie, so kommt doch, wo bleibt ihr denn?“

„Wir kommen, wir kommen!“

Eiligst liefen beide hinunter, langsamer folgte ihnen Onkel Heinz. Von der Straße her schallten noch lebhafte Stimmen, dann hörte man das Zuklappen der Wagenthüren, das schnelle Rollen der Räder, und nun war alles still. –

Der Professor hatte seinen Pelzkragen dicht über die Ohren gezogen und die Hände tief in die warmen Taschen vergraben. Gemessenen Schrittes ging er die Straße hinab. Mit dem Lesen heute abend schien er es nicht sehr eilig zu haben, denn er schlenderte noch eine Zeitlang in den hellerleuchteten Straßen umher, und ging dann in das Lokal, wo er seine Mahlzeiten einzunehmen pflegte. Einsam verzehrte er sein Nachtessen und blieb den Abend über da. Der Kellner brachte ihm wie gewöhnlich die Zeitungen, er legte sie aber beiseite und schaute – die eine Hand am Henkel seines Bierglases – nachdenklich vor sich hin. Ein paar Male schüttelte er den Kopf und sagte leise: Unsinn, Unsinn. Aber in der Seele dieses Hagestolzen erschien doch in dem versteckten Winkel etwas wie ein lichter Punkt, der aus dem Dunkel auftauchte; und dieser Punkt nahm eine feste Gestalt an, und diese Gestalt schwebte in hellen, gemütlichen Räumen ordnend, verschönend umher und drang auch in ein stilles Studierzimmer, in welchem ein Mann saß und arbeitete. Und auf einmal wurde alles freundlich und glänzend, und der Lichtschein fiel auf die Gestalt des einsamen Mannes, der davon wie magisch angezogen wurde; er ließ Bücher und Schriften liegen und ging ihm nach, bis er in einen lichten Raum kam, wo das Feuer im Ofen knisterte, Blumen dufteten, ein gedeckter Tisch stand, und liebevolle Hände bereit waren ihn zu hegen und zu pflegen. Unwillkürlich machte Onkel Heinz eine heftige Bewegung, als er zum Bewußtsein dieser Träume gelangte, und nun flohen die Bilder und Gestalten, der helle Glanz verblaßte, und es erschien wieder sein düsteres Studierzimmer mit den strengen, langen Bücherreihen, der ausgegangene Ofen und die schlechtbrennende Lampe. Dieses letzte Bild sollte bald zur Wirklichkeit werden, denn nachdem Onkel Heinz sein Bier ausgetrunken und bezahlt hatte, kroch er wieder in seinen Pelz, den ihm der Kellner diensteifrig anziehen half, und ging dann heim. Doch zum Arbeiten und Lesen konnte er sich heute abend nicht mehr entschließen; auch war es zu kalt dazu im Zimmer, der Ofen war – wie gewöhnlich – ausgegangen, und die Lampe hatte – wie gewöhnlich – gequalmt. Er begab sich deshalb zur Ruhe, aber der Schlaf wollte nicht kommen; wohl versuchte er, sich in eine wissenschaftliche Idee zu versenken, aber es gelang nicht, denn er sah fortwährend luftige Gestalten an sich vorübergaukeln, und sein Traum von vorhin wiederholte sich noch einmal. „Unsinn, Unsinn," murmelte er und warf sich im Bett umher, bis er endlich doch einschlief.

Am andern Morgen, als es noch dämmerte, wurde er von seiner Aufwärterin geweckt, wie an jedem andern Morgen auch. Aber heute war er ärgerlich darüber und mit nichts zufrieden. Die Frau hatte an diesem Tage wiederholt Anlaß, ihrer Busenfreundin, der Müllern, ihr Herz auszuschütten und ihr zu klagen, wie böse der Herr Professor heute gewesen sei, so schlecht hätte er sie noch niemals behandelt. Ueber den Kaffee habe er geschimpft, der Ofen sei nicht schnell genug warm geworden, die Lampe müsse besser geputzt werden. Und sogar über den Staub im Zimmer, von dem er noch nie etwas bemerkt habe, hätte er heute gescholten, kurz, nichts sei ihm recht gewesen.

Während Onkel Heinz einen so ungemütlichen Abend verbrachte, hatte seine Freunde Lust und Lebensfreude umgeben.

Mit Zittern und Zagen hatten die Zwillinge und Marianne den Ballsaal betreten, und selbst Ruths Herz schlug höher, als sie in dem glänzenden Raume stand. Der Sorge um Tänzer waren die jungen Mädchen bald überhoben, denn schon nach kurzer Zeit zeigten sie sich untereinander die mit Namen dicht besetzten Ballkarten.

„Ja, ja, Nellie, nun sind wir Ballmütter," sagte Ilse lachend, als sie in den Reihen, welche für die älteren Damen bestimmt waren, Platz nahmen.

„Macht nichts, wenn wir alte Mütter werden, ist auch fein," sagte Nellie; aber als die beiden unzertrennlichen Freundinnen jetzt so beisammensaßen, sahen sie durchaus noch nicht aus wie „alte Mütter".

Das Glück, das aus beider Augen strahlte, als Ruth und Marianne im Tanze anmutig an ihnen vorbeischwebten, der Stolz, mit dem sie ihnen nachblickten, verjüngte und verschönte sie merkwürdig.

Leo und Althoff hatten eine Zeitlang dem bunten Treiben zugesehen, zogen sich dann aber ins Nebenzimmer zurück, wo sie bei einem Glase Bier gemütlich ihre Cigarre rauchten und schwatzten. Den Ballstaub von Anfang bis zum Ende geduldig zu schlucken, versteht eben nur eine Mutter.

Herr Jansen schien an diesem Abend wie bezaubert von Ruth. Seine Blicke suchten sie, wenn sie im bunten Gewühle verschwand, bis er sie gefunden hatte, und so oft es ging, näherte er sich ihr; dann plauderten und lachten sie zusammen und kritisierten die Anwesenden. Aber wenn ihn Ruth auf dieses oder jenes hübsche Mädchen aufmerksam machte, so fand er sie alle häßlich oder unbedeutend, und seine Augen sagten deutlich genug, wen er einzig und allein schön fände. Konnte er nicht mit ihr plaudern oder tanzen, so suchte er Marianne auf, um so bald als möglich das Gespräch auf ihre Schwester zu bringen.

Arme kleine Marianne, wenn doch ein guter Geist dir die Augen öffnen möchte! Es ist nur zu wahr, die Liebe macht blind.

In dem Herzen von Marianne hatte sich vom ersten Tage an, als Onkel Heinz Herrn Jansen bei ihren Eltern einführte, eine stille Neigung für diesen eingeschlichen, die von Tag zu Tag wie ein gut gehegtes Pflänzchen mehr und mehr emporwuchs. Seine Worte fielen wie Tau auf diese Herzensblume, seine Freundlichkeiten waren der Sonnenschein, unter welchem sie gedieh und immer festere Wurzeln in der jungen Seele faßte. Arme Marianne!

So waren auch heute abend die Artigkeiten, welche Herr Jansen ihr erwies, neue Nahrung für ihre Neigung und sie merkte nicht, daß es ja die Schwester war, welche sein Herz ganz und gar gefangen hielt.

Der Ball nahte sich seinem Ende! Die Zwillinge hatten sich erhitzt und erschöpft mit hochroten Wangen auf einem der Diwans niedergelassen und tauschten gegenseitig ihre Erlebnisse aus; Marianne wandelte mit Ilse und Tante Nellie zusammen auf und ab, und ihr glückstrahlendes Gesicht sprach deutlich genug von den Gefühlen, welche ihr Inneres erfüllten. Währenddem hatte sich Ruth von Herrn Jansen ein Gläschen Eis holen lassen, das sie nun, nachdem sie in einer der kleinen Pflanzennischen Platz genommen hatte, mit Behagen verzehrte.

„Es ist doch sehr, sehr hübsch heute abend; ich amüsiere mich wenigstens herrlich. Sie auch?“ fragte Ruth vergnügt den jungen Mann, der sich an ihrer Seite niedergelassen hatte.

„Für mich war es der schönste Abend meines Lebens, Fräulein Ruth,“ erwiderte er.

„Da haben Sie wohl noch nicht viel Bälle mitgemacht? In Indien giebt es wahrscheinlich so etwas nicht?“ erkundigte sie sich.

„Und wenn ich hundert Bälle mitgemacht hätte, so würde dieser doch der schönste für mich sein,“ antwortete er mit Nachdruck.

„So, und warum denn?“

Diese Frage klang durchaus einfach und unbefangen, denn Ruth war wirklich gänzlich ohne Arg über die Beziehung, welche seine Worte enthalten hatten. Er war ein Freund ihrer Eltern, ihres Hauses, und was für sie sehr ins Gewicht fiel, der Sohn des Jugendfreundes von Onkel Heinz. Aus diesem Grunde war sie stets zuvorkommend und freundlich gegen ihn gewesen; aber daß er etwas andres in ihr erblicken könnte als eine Freundin, war ihr noch nie in den Sinn gekommen. Deshalb erschrak sie auch im höchsten Grade, als er ihr jetzt mit vor Erregung zitternder Stimme antwortete: „Weil Sie hier sind!“ und die verhängnisvolle Frage daran knüpfte: „Haben Sie mich denn nicht gern, Fräulein Ruth?“

Da wurde es ihr auf einmal ganz ängstlich zu Mute, verlegen stand sie auf und wünschte zu den Ihrigen geführt zu werden.

„Haben Sie mich denn nicht gern?“ wiederholte er eindringlich seine vorige Frage, und mechanisch antwortete sie hastig: „O ja, doch, natürlich.“

Ohne seinen Arm, den er ihr bot, anzunehmen, eilte sie nach diesen Worten rasch voraus.

Als sie kurze Zeit darauf zur Heimfahrt in den Wagen stieg, nahm er ihre Hand und drückte sie zärtlich an seine Lippen. Während aber die Schwester und die Zwillinge unterwegs lebhaft über ihre Erlebnisse vom heutigen Abend plauderten, war sie schweigsam und einsilbig. Aus Mariannes Munde tönte der Name dessen, mit dem sie sich gerade beschäftigte, oftmals an ihr Ohr. Ganz klar war es ihr doch nicht, was er gewollt hatte; aber schließlich – warum sollte er sie denn nicht fragen, ob sie ihn gern habe? Und darauf konnte sie ihm doch nur mit einem „Ja" antworten; sie hatte ihn ja wirklich gern, sehr gern sogar. Er war ein kluger, interessanter Mann, ganz anders wie die meisten Herren ihrer Bekanntschaft; sie konnte sich mit ihm prächtig unterhalten und empfand eine Art schwesterlicher Zuneigung für ihn. Und er? Ach was, er hatte seine Frage gewiß völlig harmlos gemeint; so viel wußte sie doch auch, daß eine Liebeserklärung ganz anders lautete, – wie sollte er überhaupt dazu kommen, ihr einen Antrag zu machen? Nein, nein, es würde schon so sein, wie sie dachte. Mit diesen tröstlichen Gedanken begab sie sich zur Ruhe und schlief bald vollständig beruhigt ein in dem festen Glauben, daß Herr Jansen nur eine freundschaftliche Frage an sie gerichtet habe.

Marianne dagegen lag, nachdem die Zwillinge endlich aufgehört hatten zu schwatzen, noch lange wach. Selige, beglückende Gedanken verursachten ihr Herzklopfen und raubten ihr den Schlaf; sie wiederholte sich im Geiste jedes Wort, das der geliebte Mann gesprochen, und rief sich jeden seiner Blicke ins Gedächtnis zurück. Und weiter spann sie ihre Träume, die ihr eine unbeschreiblich schöne Zukunft vorzauberten, und als sie endlich spät gegen Morgen eingeschlafen war, lag es wie ein verklärender Schein auf dem holden Mädchenantlitz.

So beschäftigten sich die Gedanken beider Schwestern in dieser Nacht lebhaft mit dem jungen Freunde von Onkel Heinz. Beide setzten ihre Hoffnung auf ihn. Während aber die eine fest an seine Liebe glaubte, wünschte die andre sehnlichst, daß er für sie nur freundschaftliche Gefühle hegen möchte. –

Onkel Heinz hatte am andern Morgen keine rechte Ruhe. Wie schon erzählt wurde, schalt er seine Aufwärterin ein über das andre Mal aus, und als sie fort war, ging er prüfend in seinem Zimmer umher. Hier und da stellte er einen Stuhl anders, dann rückte er die Bilder, die schief an der Wand hingen, zurecht, sortierte die unzähligen Papiere, die zerstreut und bestaubt auf dem Tische lagen, warf einen Teil davon in den Papierkorb und legte das übrige ordentlich zusammen; auch seinen Schreibtisch unterwarf er einer gründlichen Besichtigung, deren er wahrlich nötig genug bedurfte. Seiner Aufwärterin hatte er bei ihrem Antritte das Machtwort entgegengedonnert: „Auf dem Schreibtische ein für allemal nichts anrühren!" was diese auch schnell begriff, hatte sie doch viele einzelne Herren zu bedienen und kannte diese schwache Seite der Männer hinreichend. Deshalb ließ sie auch den Schreibtisch von Onkel Heinz für immer in Ruhe, und daß er mit einer dicken Staubschicht überzogen war, konnte ihn also eigentlich nicht wundern, war ihm auch bis heute, wo er es zum ersten Male bemerkte, noch nie aufgefallen. Er blies über die Bücher und Schriften, daß die kleinen Staubteilchen lustig in die Höhe flogen, schüttelte den Aschenbecher, der bis zum Rande mit Asche und Cigarrenresten gefüllt war, in den Kohlenkasten, nahm die Bilder der Familie Gontrau – von Ruth und Marianne in allen Stadien ihres jungen Lebens – in die Hand und betrachtete sie eingehend. Die Gläser waren fast undurchsichtig, er wischte sie mit seinem Aermel ab und stellte sie dann wieder an ihren Platz zurück. Schließlich ließ er sich an dem gesäuberten Schreibtische nieder, um zu arbeiten, aber damit wollte es auch heute morgen nicht recht gehen. Ueberdies hatte er schon eine Menge Zeit mit dem Herumstöbern verbummelt, denn als er nach der Uhr sah, war es bereits elf Uhr, und er hatte versprochen, gegen Mittag bei Gontraus zu sein. Er machte sich deshalb fertig und wanderte in der warmen Mittagssonne, die seinen Pelz nicht gerade in die günstigste Beleuchtung setzte, nach den Freunden hin.

Aber wenn er hier eitel Lust und Fröhlichkeit zu finden hoffte, so hatte er sich getäuscht.

Als ihm auf sein Klingeln geöffnet wurde und er in den Flur trat, ging vorsichtig die Thüre auf, die zu dem Zimmer der beiden jungen Mädchen führte, und Ruths blasses Gesicht wurde in der offenen Spalte sichtbar.

„Onkel Heinz," rief sie leise, „bitte, bitte, komm erst zu mir herein."

Erstaunt sah er den angstvollen Ausdruck ihrer Augen und fragte, was denn geschehen sei.

Sie legte ihm die Hand auf den Mund und zog ihn zu sich ins Zimmer herein.

„Was ist denn nur los?" fragte er nochmals, als sich die Thür hinter ihnen geschlossen hatte.

Statt aller Antwort holte Ruth einen Brief aus der Tasche und gab ihn dem Professor.

„Lies nur, lies nur, Onkel Heinz, es ist ein Brief von Herrn Jansen, der eben für mich abgegeben worden ist," sagte sie mit bebender Stimme und fuhr dann leidenschaftlich fort: „Aber siehst du, ich kann ganz gewiß nichts dafür, und nicht wahr, wenn ich auch gesagt habe, daß ich ihn gern hätte, brauche ich ihn deshalb doch noch nicht zu heiraten, nicht wahr, Onkel Heinz?"

„Na, nun man sachte, man sachte, ich weiß ja noch von gar nichts," unterbrach er sie, indem er den Brief auseinanderfaltete und zu lesen begann.

„Ach Gott, es ist schrecklich, ganz schrecklich!" klagte sie, während er las, und diesen Ausruf wiederholte sie in einem fort, während sie erregt im Zimmer auf und ab wandelte.

„Ja," – sagte Onkel Heinz, als er zu Ende war, fuhr mit der Hand über seine grauen Stoppeln und drehte an seiner Bartspitze.

„Nun, was sagst du, Onkel Heinz, ist es nicht schrecklich?" fragte sie angstvoll.

„Nun – schrecklich kann ich das nicht gerade finden," gab er lächelnd zur Antwort.

„Was soll ich denn aber thun?“

„Ja –“ sagte Onkel Heinz wieder lakonisch und kratzte sich hinterm Ohr, indem er sein Gesicht in nachdenkliche Falten legte; „da ist nun schwer etwas zu sagen.“

Ruth hing sich an seinen Arm.

„Du mußt doch wissen, was ich thun soll, liebster Onkel, du weißt ja doch immer alles,“ sagte sie, ihn vertrauensvoll anblickend.

Der Professor wollte gerade in seiner gewohnten Manier losplatzen, „daß er besseres zu thun hätte, als über solche Dummheiten nachzudenken,“ hatte aber doch wohl das Gefühl, als ob es eine große Ehre für ihn wäre, von einem jungen Mädchen in einer so wichtigen Angelegenheit um Rat gefragt zu werden. Auch konnte er den ängstlich fragenden Augen seines Lieblings nicht widerstehen und besann sich deshalb eines andern. Aber leicht war die Sache nicht – wie sollte er denn nur anfangen? Ueberlegend ging er einige Male im Zimmer auf und ab.

„Ja, sage mal, Kröte, magst du Jansen denn leiden?“ fragte er endlich.

„Ja natürlich, gewiß, ich habe ihn sehr gern,“ lautete die Antwort.

„Na – dann ist es ja aber ganz einfach, dann heirate ihn doch.“

„Aber, Onkel Heinz,“ unterbrach ihn Ruth hastig „wenn man jemand auch leiden kann, braucht man ihn deshalb ja nicht gleich zu heiraten, oder – meinst du doch?“

Ihre Antwort auf Herrn Jansens Frage vom gestrigen Abend war ihr auf einmal wieder centnerschwer aufs Herz gefallen. Er hatte dieselbe als eine Zusage genommen, wie er in dem soeben erhaltenen Briefe schrieb – überglücklich schrieb – und wollte noch am heutigen Tage kommen und bei den Eltern um ihre Hand anhalten. Siedendheiß überlief es sie bei diesem Gedanken; sie wußte gar nicht, was sie thun sollte, und Onkel Heinz sagte auch nichts, gab ihr keine Antwort, sie war völlig ratlos.

„Onkel Heinz, bitte, sage mir doch, was meinst du dazu?“ wiederholte sie ihre Frage noch einmal dringlich.

Er machte wieder ein nachdenkliches Gesicht, brachte aber nur die nichtssagenden Worte heraus:

„Ja, das ist nicht so leicht," und fuhr dann plötzlich fort, als wäre ihm auf einmal etwas Wichtiges eingefallen: „Wie kommt denn Jansen überhaupt dazu, dich heiraten zu wollen?"

„Das war so, Onkel Heinz," begann Ruth; „gestern abend auf dem Balle fragte er mich, ob ich ihn gern hätte, und da habe ich ja gesagt, denn es ist doch auch wahr. Als ich aber jetzt den Brief von ihm bekam, da ist es mir erst klar geworden, wie er seine Frage gemeint hat. Muß ich ihn denn nun wohl heiraten?"

Der Professor geriet in keine geringe Klemme. Es war ja wahrhaftig viel schwerer, hier eine richtige Lösung zu finden, als bei irgend einer noch so verwickelten, wissenschaftlichen Frage. Er wußte nicht ein noch aus, und Ruth wurde immer dringender.

„Ach, gieb mir doch eine Antwort," bat sie flehentlich.

„Das kommt nun von solchem Unsinn, wie es ein Ball ist; nun muß man sich den Kopf über so dummes Zeug zerbrechen," fuhr er barsch heraus; als er aber sah, daß Ruth in ihrer Herzensangst die Thränen in die Augen stiegen, lenkte er sofort wieder ein. Weiberthränen konnte er nicht sehen, am wenigsten bei Ruth, die ja Gott sei Dank nur selten weinte.

„Na – wir wollen mal sehen, Kröte," sagte er zärtlich, „was in dieser Sache noch zu machen ist. Ich will mit Jansen sprechen, ob er sich darauf einläßt."

Onkel Heinz fühlte selbst, daß seine Antwort etwas dunkel und unklar, auch wohl sonst nicht ganz die richtige war; jedoch Ruth bemerkte das nicht, denn in diesem Augenblicke ertönte draußen die Klingel.

„Um Gottes willen, jetzt kommt er, was soll ich denn nur thun? Lieber Onkel Heinz, hilf mir doch," rief sie und klammerte sich angstvoll an seinen Arm.

„Hast du denn mit deiner Mutter schon gesprochen, Ruth?“ fragte er und empfand dabei die Beruhigung, daß er diesmal etwas ganz Vernünftiges gesagt habe.

„Nein, nein, Onkel Heinz! Ich wollte ja gerade mit dem Briefe zu ihr gehen, da kamst du, und da wollte ich doch erst deine Meinung hören. Jetzt will ich ihr aber alles sagen; ach ja, Mutter wird wohl wissen, was ich thun muß.“

Und mit diesen Worten eilte sie zur Thüre hinaus.

Der Professor atmete erleichtert auf; nun war ihm ja das schwere Amt des Beraters in Heiratsangelegenheiten abgenommen; es war ihm ordentlich heiß dabei geworden – da flog die Thüre wieder auf, und Ruth stürzte aufgeregt herein.

„Na, was ist denn schon wieder los?“ fragte Onkel Heinz.

„Nun ist es zu spät, nun ist es zu spät!“ jammerte sie laut.

„Ja, was ist denn zu spät?“ fragte er.

„Herr Jansen ist da, bei Vater im Zimmer, und Mutter ging gerade hinein, als ich in den Flur trat – ich konnte sie nicht mehr sprechen. Was soll ich nun thun, was soll ich anfangen?“

Onkel Heinz schwieg. Er wußte keinen Rat zu geben, trotzdem Ruth ganz unglücklich schien; im nächsten Moment schon würde man ja von ihr vielleicht eine wichtige Entscheidung fordern, eine Lebensfrage an sie richten, und das war doch keine Kleinigkeit. Sie erging sich nun in lautem Selbstgespräch, das Onkel Heinz mit fortwährenden Randbemerkungen begleitete.

„Ich werde überhaupt nicht heiraten,“ fing sie an.

„Das wäre das Vernünftigste, was du thun könntest, aber bei euch Frauenzimmern ist es nun doch einmal die Hauptsache, das Heiraten,“ sagte er.

„Ich passe ja gar nicht für die Ehe, ich würde einen Mann nur quälen und unglücklich machen,“ fuhr sie fort.

Der Professor lächelte ironisch über dieses Selbstbekenntnis einer edlen Seele.

„Na – das müßte man doch erst mal abwarten, du bist noch lange nicht die schlechteste," sagte er.

„Es brauchen doch nicht alle Menschen zu heiraten, – du bist ja auch nicht verheiratet, Onkel Heinz!"

Er machte eine abwehrende Bewegung, aber das „Nein, nein, Gott sei Dank nicht," kam doch in einem Tone heraus, der halb wie ein Erleichterungsseufzer, halb wie Bedauern klang, denn auf einmal stand wieder der Traum von gestern abend vor seiner Seele – er erblickte wieder die freundlichen hellen Räume und als Gegensatz sein einsames Studierzimmer. Eifrig fing er an, seinen Bart zu drehen, der zwar im Verhältnis zu dem grauen Kopfe noch dunkel erschien, aber doch auch schon von manchem Silberfaden durchzogen war.

„Weißt du, Onkel Heinz," rief Ruth plötzlich und sah ihn mit ihren großen, braunen Augen an, „wenn ich überhaupt je einen Mann nehmen würde, könntest nur du es sein, aber Herrn Jansen kann ich nicht heiraten."

Und weinend flog sie an seinen Hals, umschlang ihn mit beiden Armen und ließ ihren Kopf auf seiner Schulter ruhen. –

Nun wußte der Professor nicht, sollte das eine Liebeserklärung sein oder nicht? Nein, in was für Situationen und Verlegenheiten brachte ihn auch heute morgen diese Kröte! Er wußte gar nicht, wie er sich nun in dieser neuen Lage wieder benehmen sollte. Und deshalb zog er vor zu schweigen und hielt ganz still unter dieser zärtlichen Umarmung; aber seine Augen blickten mit hilfesuchendem Ausdruck hinter der goldnen Brille hervor; zaghaft und unbeholfen, wie ein schüchterner Liebhaber, legte er seinen Arm um ihre Taille.

In dieser Stellung fand Ilse die beiden, als sie bald darauf hereinkam. In solcher Pose hatte sie den alten Freund denn doch noch nicht gesehen, und ihr Gesicht drückte daher ein gerechtes Erstaunen aus. Nun geschah auch noch das Unglaubliche, daß Onkel Heinz auf seine alten Tage unter dem forschenden Blicke seiner besten Freundin, Frau Ilse, errötete und sich fast wie ein ertappter alter Sünder vorkam, obgleich er doch nicht das geringste dafür konnte, wenn er jetzt so vor ihr stehen mußte. Daß Ruth ihn umarmte und küßte, war nichts Seltenes, aber heute mußte ihre Umarmung doch wohl einen ungewöhnlichen Eindruck machen, und er war froh, als sie ihn jetzt freigab und ihrer Mutter in die Arme sank. Das war ja auch der richtige Platz, um ihr bedrängtes Herz zu erleichtern. Unter Weinen und Schluchzen erfuhr Ilse bald die ganze Leidensgeschichte; sie mußte den Brief lesen, und Ruth ließ sich von ihr unzählige Male wiederholen, daß man jemand noch nicht zu heiraten brauche, wenn man ihn auch gern hätte. „Gernhaben“ und „Liebhaben“ wäre doch ein großer Unterschied, erklärte Ruth.

Bei diesen Worten lächelte Onkel Heinz spöttisch; woher wußten nun wohl solche Kröten so etwas!

„Liebste Mutter, sage es nur gleich Herrn Jansen, daß ich ihn nicht heiraten könnte,“ drängte Ruth.

„Nein, mein liebes Kind, das werden wir ihm schreiben, er soll gar nicht erst kommen, denn das würde dem jungen Manne doch sonst eine große Verlegenheit bereiten,“ sagte Ilse.

„Ja, aber ist denn Herr Jansen nicht drüben bei Vater im Zimmer?“ fragte Ruth.

„Bewahre.“

„Ihr spracht doch mit einem Herrn.“

„Das war Herr Geheimerat Braun, der Vater und mir seinen Besuch machen wollte,“ setzte Ilse auseinander.

„Na – siehst du, nun ist es doch gar nicht so schlimm,“ sagte Onkel Heinz, „und ich werde auch noch mit Jansen sprechen.“

In liebevollster Weise tröstete und beruhigte Ilse ihre erregte Tochter, indem sie ihr zärtlich die erhitzten Wangen streichelte, und erleichtert atmete dieselbe auf, als der schwere Druck, der auf ihrer jungen Seele gelastet hatte, von ihr genommen wurde.

Aber die Spuren der heftigen Aufregung waren doch noch auf ihrem Gesichte zu lesen, als jetzt Marianne eintrat, die mit den Zwillingen zusammen einige Freundinnen besucht hatte, um mit ihnen über den gestrigen Ball nebst allen seinen Einzelheiten zu plaudern.

Verwundert sah Marianne abwechselnd Mutter und Schwester und dann wieder Onkel Heinz an, der unaufhörlich an seinem Barte drehte und ein Gesicht machte, das ein Mittelding zwischen Rührsamkeit und mephistophelischem Lächeln war. Diesen Ausdruck zeigte es leicht in kritischen Augenblicken.

Mit dem jungen Mädchen war die kalte Winterluft gleichwie eine Erquickung in das warme Zimmer gedrungen. Frisch und rosig angehaucht leuchtete ihr Gesichtchen unter der dunklen Pelzmütze hervor, die sie jetzt abnahm, worauf sie auch das Jäckchen auszog.

Onkel Heinz wurde heute nur flüchtig begrüßt, fragend wandte sie sich an Ilse und Ruth.

„Warum hat Ruth geweint, was ist denn geschehen?“ Und voller Sorge blickte sie die Schwester dabei an.

Statt aller Antwort reichte ihr diese den bewußten Brief hin, den Marianne ahnungslos entfaltete und las. Doch schon nach den ersten Worten legte es sich wie ein Schleier über ihre Augen, das Blatt fing in ihrer Hand leise an zu zittern, aber mechanisch las sie weiter, trotzdem die Buchstaben durcheinander zu tanzen schienen. Es begann ein Sausen in den Ohren – die Gegenstände wurden verschwommen – ein beängstigendes Gefühl hemmte den Herzschlag und schnürte ihr die Kehle zusammen – und sie wäre unfehlbar umgesunken, wenn nicht Ilse und Ruth ihre Schwäche bemerkt hätten und hinzugesprungen wären. Marianne war ohnmächtig geworden. –

Sie wurde auf das Sofa gelegt, Ilse rieb ihr die Schläfen mit einer stärkenden Essenz, während Ruth hinauslief, um Wasser zu holen. Beide befanden sich in höchster Aufregung. Nur Onkel Heinz bewahrte seine Ruhe; er stand dabei und betrachtete aufmerksam das blasse Gesicht der Ohnmächtigen, in das noch kein Schimmer von Röte zurückkehren wollte. Jetzt kam Ruth mit dem Wasser herein, hinter ihr her stürmten die Zwillinge ins Zimmer, mit vor Neugier hochroten Backen. Beim Anblick der bewußtlosen Freundin fing Hildegard laut an zu weinen, während sich Thusnelda über sie beugte und ihr laut ins Ohr schrie:

„O Gott, o Gott, sie ist doch nicht tot!"

Ruth zog sie weg und gebot ihr zu schweigen.

Inzwischen war Ilse fortwährend ängstlich um Marianne bemüht, bei der das Bewußtsein immer noch nicht zurückkehren wollte.

„Ja – durch das Reiben und Wasserschlucken kommt sie nicht wieder zu sich," sagte Onkel Heinz auf einmal, nachdem er eine Weile zugesehen hatte.

„Wir wollen lieber nach dem Arzt schicken," meinte Ilse besorgt.

„Ach was, der kann auch nichts helfen," erwiderte der Professor.

„Onkel Heinz, was mag Marianne nur haben? Woher kommt es nur?" fragte Ruth voller Angst.

„Woher das kommt?" wiederholte er bedeutungsvoll. „Woher das kommt? An allem ist der verrückte Ball schuld! Natürlich habt ihr euch zu eng geschnürt, habt unsinnig getanzt, euch dabei erhitzt, seid dann in die Kälte gegangen und werdet wahrscheinlich noch mehr unkluge Geschichten gemacht haben. Davon kommen dann am andern Tage Ohnmachten und dergleichen, das ist kein Wunder."

Der Professor sah ordentlich grimmig aus, als er von dem Unheil sprach, welches dieser verrückte Ball angerichtet habe, dann wandte er sich wieder der Ohnmächtigen zu.

„Frau Gontrau, was Sie da mit Marianne machen, hilft nichts," fing er wieder an.

„Ja, was soll ich denn aber thun, so sprechen Sie doch," sagte Ilse ungeduldig und gereizt durch seinen Ton.

„Nehmen Sie mal das Kissen unter dem Kopfe fort, daß dieser tiefer liegt und wieder Blut ins Gehirn kommt. So ist es recht! Alles Beengende haben Sie wohl aufgemacht, nicht wahr? – Warum heult ihr denn so? Da giebt es doch nichts zu jammern," rief er dann den Zwillingen zu, die ein wahres Heulkonzert aufführten.

„Die Kinder haben eben mehr Gefühl als Sie," konnte Ilse trotz ihrer augenblicklichen Sorge doch nicht unterlassen ihm zu sagen, denn das war jetzt mal wieder einer der Augenblicke, wo sie sich über ihn ärgerte.

„Wenn man nicht sentimental ist, heißt es gleich man hat kein Gefühl," erwiderte er ruhig.

Ilse wäre ihm sicher auch darauf keine Antwort schuldig geblieben, wenn nicht gerade jetzt Marianne die Augen aufgeschlagen und ihre ganze Aufmerksamkeit in Anspruch genommen hätte; es versöhnte sie auch sofort wieder mit dem alten Freunde, als er jetzt näher trat, Marianne zärtlich auf die Backe klopfte und sagte: „Na, Kröte, wie geht's denn? Was machst du aber auch für Geschichten!"

Als das junge Mädchen wieder zum Bewußtsein gekommen war, blickte sie erstaunt um sich und fing bitterlich an zu schluchzen.

„Liebe Marianne, wie ist es dir jetzt?" rief Thusnelda mit Stentorstimme, – einem Erbteile des Vaters – und trat mit der Schwester herzu. Der Professor drängte sie aber mit einer bezeichnenden Geste, daß sie schweigen möchten, zurück.

Ilse rief Marianne thränenden Auges mit den zärtlichsten Schmeichelnamen, Ruth kniete leise weinend vor ihr, dazwischen tönte das Schluchzen von Marianne, das herzbrechende Geheul der Zwillinge. – Dem Professor wurde bei alledem plötzlich sehr unbehaglich zu Mute. Wohin er blickte, sah er Weiberthränen, und da er sich unter den weinenden, schluchzenden Frauen auf einmal sehr überflüssig fühlte, hielt er es für das beste, sich zurückzuziehen. Die besorgte Ilse hatte heute nur ein flüchtiges Abschiedsnicken für ihn, aber Ruth drückte ihm innig die Hand. –

Als er einige Zeit später wieder in seiner Junggesellenwohnung anlangte, betrat er sie mit einem angenehmeren Gefühl, als er sie verlassen hatte. Das Feuer brannte hell im Ofen, es war behaglich warm, und die Sonnenstrahlen, die hereindrangen, verliehen dem Ganzen einen gewissen Glanz. Vor allem empfing ihn hier die Ruhe wie eine Wohlthat nach der eben stattgefundenen Scene bei Gontraus. „Ja, ja, so etwas würde auch vorkommen,“ schien es ihm leise ins Ohr zu raunen und im Selbstgespräche antwortete er darauf: „es ist schon besser so.“ Er hatte seinen Pelz abgezogen und hielt die kalten Hände an den Ofen; als sie warm geworden waren, setzte er sich an seinen Schreibtisch, um zu arbeiten. Nun ging es wieder! Die strengen Geister der Arbeit, die gestern und heute vor den Lichtgestalten geflohen waren, erschienen wieder, und in ihrer Gesellschaft fühlte sich Onkel Heinz doch am wohlsten.

Still und ruhig war's im Zimmer, man hörte nur das Geräusch der schreibenden Feder, und wie das Papier knitterte, oder das Feuer im Ofen lustig knackte und knisterte.

Der Professor blieb den ganzen Tag über angestrengt bei seiner Arbeit sitzen. Gegen Abend, so nahm er sich vor, wollte er noch einmal nach Gontraus gehen, um sich nach Marianne zu erkundigen, aber Ruth kam ihm zuvor. Als es dämmerte, erschien sie bei ihm und rüttelte ihn wieder aus seiner schwer erkauften Ruhe auf. Das war aber auch ein Tag heute, was sich da alles zutrug! Ruth berichtete unter Thränen, daß sie die eigentliche Ursache von Mariannes Ohnmacht gewesen sei, weil sie ihr den verhängnisvollen Brief von Herrn Jansen gegeben habe, ohne die geringste Ahnung davon, welches Unheil sie damit anrichten würde. Marianne hätte nämlich ein tiefes Interesse für Jansen und sei überzeugt gewesen, daß er dasselbe erwidere.

Onkel Heinz hatte während dieser Erzählung mehrmals den Kopf geschüttelt und seine Bartspitze so zusammengedreht, daß man sie hätte durch ein Nadelöhr einfädeln können. Das war nun die zweite Liebesgeschichte an diesem Tage – zwei unglückliche Lieben!

Ruth weinte leidenschaftlich, und selbst die Trostworte von Onkel Heinz konnten sie nicht beruhigen, so sehr war sie ergriffen von dem Kummer der Schwester und voll ängstlicher Sorge über deren Zustand. In Absätzen erfuhr der Professor, daß Marianne krank im Bett liege, daß man einen Arzt habe holen müssen, der eine Nervenerschütterung konstatiert und größte Ruhe anempfohlen habe. "Wenn sie nur nicht stirbt an ihrer unglücklichen Liebe!" rief Ruth laut jammernd aus.

„Ach was, dummes Zeug, so etwas kommt nur in verrückten Romanen vor, aber im Leben nicht," entgegnete Onkel Heinz.

„Sie ist aber so elend."

„Wird sich schon wieder erholen."

„Glaubst du wirklich?"

„Natürlich! Beruhige dich nur, alte Kröte," redete er ihr liebevoll zu.

„Warum mußte es auch so kommen?" klagte Ruth.

„Warum liebt Herr Jansen nicht Marianne statt mich?"

Onkel Heinz zuckte die Achseln, er wußte es doch auch nicht.

„Hast du schon mal jemand kennen gelernt, der unglücklich liebte?" fragte das junge Mädchen den alten Hagestolz in ernstem Tone.

Der Professor wandte sich ab und gab keine Antwort.

Ruth bemerkte es nicht, gedankenvoll blickte sie vor sich hin.

„Hast du niemals geliebt, Onkel Heinz?" fragte sie dann wieder.

Das war eine Gewissenssrage! Er zuckte unmerklich zusammen.

„Dummes Zeug! Unsinn!" sagte er dann ziemlich schroff.

„Hältst du die Liebe wirklich nur für Unsinn?" Und als er nicht antwortete, fuhr sie fort: „Weißt du, Onkel Heinz, ich glaube, ich kann überhaupt nicht lieben."

„Was die Kröte da heute doch immer von Liebe schwatzt," dachte der Professor bei sich.

„Willst du wissen, was ich wohl möchte?" fragte Ruth nach einer kleinen Weile lebhaft, und ihre noch feuchten Augen blitzten auf. „Willst du es wissen? Ich möchte singen können, singen wie eine richtige Sängerin, ich möchte – eine Künstlerin werden."

Der Professor prallte ordentlich zurück, so erregt hatte sie diese Worte aus gerufen.

„Weißt du denn überhaupt, du Kickindiewelt, was eine Künstlerin ist?" fragte er, das Wort ›Künstlerin‹ nicht gerade in der schmeichelhaftesten Weise betonend.

Dann kam er wieder näher und sah sie scharf an mit höchst wichtiger Miene.

Sie entgegnete nichts darauf, sondern fuhr fort:

„Siehst du, Onkel, hier – hier –," sie zeigte auf ihr Herz, „da ist es oft so komisch, so – ich weiß nicht wie! Ich habe das Gefühl, als müßte etwas heraus, als müßte ich jauchzen oder weinen, ich fühle mich glücklich und unglücklich zugleich. Und wenn ich mich dann hinsetze und singe, dann wird's nur leichter, dann kommt es mir vor, als wäre ich gar nicht auf der Erde, als trügen mich Flügel empor – dann bin ich gut – dann denke ich edel – dann – dann wird mir erst wieder wohl – ich kann dir gar nicht beschreiben, wie wohl! Und siehst du, Onkel Heinz, deshalb habe ich solche Freude an meiner Stimme, die jubelt mit mir und ist mit mir traurig."

Der Professor hatte sich vor sie hingestellt und blickte sie bei jedem Worte erstaunter an. Was sprach da diese Kröte! Dieses Kind! Solche Redensarten konnte es machen, da hörte ja einfach alles auf. Aber er empfand doch mit einem Male, als er in die vor Begeisterung funkelnden Augen seines Lieblings sah, daß dieses Kind kein Kind mehr war, daß es eigene Anschauungen, eigene Gedanken hatte wie ein erwachsener Mensch, – ja, ja, jetzt kam die junge Generation an die Reihe. Onkel Heinz sah sich das junge Mädchen, seinen Sonnenschein, seine alte Kröte noch immer schweigend und so prüfend an, als erblicke er sie heute zum ersten Male. So sah er sie ja auch wirklich zum ersten Male, so kannte er sie noch nicht: es war noch die alte Ruth und doch eine andre, nicht mehr das kleine Mädchen, das er bisher noch immer in ihr erblickt hatte, sondern eine Jungfrau, die da vor ihm stand. Wie eine Offenbarung kam das plötzlich über ihn, und er konnte seine Blicke nicht von ihr losreißen.

„Aber Onkel Heinz, warum starrst du mich so an?“ bemerkte sie lächelnd.

Da erwachte er aus seinen Gedanken.

„Hm!“ brummte er nur und fuhr sich über seine Stoppeln, das sollte so viel heißen, als: es ist nun einmal so.

„Onkel Heinz,“ fing sie wieder an und schmiegte sich in zärtlicher Vertraulichkeit an ihren alten Freund. „Ich habe eine große Bitte an dich, aber – du mußt mir versprechen, daß du sie erfüllen willst.“

„Da werde ich mich schön hüten,“ warf er ein und lächelte spöttisch. Vorher versprechen, so etwas zu verlangen, konnte auch nur ein Frauenzimmer fertig bringen.

„Na, dann sprich mal, was ist es denn, was soll ich denn thun?“ fragte er aber dennoch.

Sie sah ihm ja so schmeichelnd in die Augen, daß er wie gewöhnlich nicht widerstehen konnte.

„Onkel Heinz,“ kam es etwas zaghaft und zögernd von ihren Lippen, „wenn du doch nur mal mit den Eltern sprechen möchtest, ob – ob sie meine Stimme nicht ausbilden lassen wollen. Du kannst das viel besser als ich, und siehst du,“ fuhr sie leidenschaftlich fort, „ich möchte so gern etwas Ordentliches lernen, ich will so fleißig sein, will mir so viele Mühe geben, will ganz und gar nur der Kunst leben.“

„Das ist ja Unsinn,“ sagte der Professor ausweichend, aber sie unterbrach ihn ernsthaft.

„Nein, Onkel Heinz, sage das nicht, das ist kein Unsinn, wenn ich so spreche, das ist mein heiligster Ernst. Ich bin wirklich jetzt nicht zum Scherzen aufgelegt."

Dabei fiel ihr wieder die arme kranke Schwester ein, Thränen stiegen ihr in die Augen, und das – das konnte er nun einmal nicht sehen.

„Weine doch nicht, Kröte; daß ihr Weiber doch immer gleich flennen müßt," sagte er etwas unmutig, streichelte dabei aber ihre dunklen Haare, die wellig gescheitelt bis tief in die Schläfen fielen und das feine, schön geschnittene Gesicht dadurch noch interessanter erscheinen ließen. „Aber das mit der Künstlerin schlage dir nur aus dein Sinn," fuhr er fort, „das geht nicht, das geht auf keinen Fall."

Sie sah ihn bittend, fast flehend an.

„Aber Onkel Heinz!"

„Was willst du denn überhaupt für eine Künstlerin werden? Willst du etwa Mummenschanz treiben? Hm?" Er sagte das sehr geringschätzig, denn unter dem ›Mummenschanztreiben‹ verstand er, ob sie vielleicht zur Bühne gehen wolle. „Da bist du denn doch wahrhaftig zu gut dazu, Kröte, da gehörst du nicht hin, das geben die Eltern überhaupt nicht zu und ich auch nicht, daraus wird nichts!"

Er hatte sich ordentlich ereifert bei diesen Worten, denn daß Ruth vielleicht eine solche Absicht haben könnte, war ihm ein furchtbarer Gedanke. „Ja, ja, wenn das alles so wäre, wie es sein sollte," setzte er wie im Selbstgespräche fort, „aber das ist es eben nicht, der bunte Flitterkram, das ist die Hauptsache, und die Kunst ist Nebensache. Kunst, Kunst! Davon haben ja die wenigsten Menschen überhaupt einen Begriff!"

Erregt schritt er auf und ab, Ruth folgte ihm und hatte schon ein paarmal versucht, ihn zu unterbrechen, ohne daß es ihr gelungen wäre. Jetzt hielt sie ihn am Arme fest. "Onkel Heinz, das alles weiß ich ja noch nicht, darüber habe ich noch nicht nachgedacht. Vorläufig möchte ich nur lernen, mich meinen Gesangsstudien ganz hingeben können, an nichts andres zu denken brauchen. Siehst du, was ich jetzt lerne in den Stunden, für den Hausgebrauch, wie es heißt, das macht mir wenig Spaß, das befriedigt mich nicht, weil ich fühle, daß es nur oberflächlich und nicht das Richtige ist."

„Das ist ja ganz vernünftig gedacht; na, und deine Stimme ist nicht übel, das ist wahr," sagte er einlenkend.

Diese Worte nahm sie schon für eine Zusage und fragte nun freudig und zuversichtlich:

„Nicht wahr, du sprichst mit den Eltern?"

„Halt, Halt – man sachte, soweit sind wir noch lange nicht," sagte er abwehrend.

„Einziger, süßer Onkel, thue es doch!" bat sie und hing sich an seinen Arm. Er entgegnete nichts, drehte aber seine Bartspitze mit großer Geschwindigkeit.

„Du bekommst auch schon vorher einen schönen Kuß zum Lohn," versprach sie.

„Will ich gar nicht," brummte er vor sich hin.

„Ach, Onkel Heinz, nun thu nur nicht so," rief sie lächelnd und fragte dann, als ob schon alles bestimmt abgemacht wäre: „Wann willst du denn mit den Eltern sprechen?"

„Gar nicht," erwiderte er kurz.

Ruth schien diese Antwort zu überhören und sagte weiter:

„Jetzt geht es natürlich nicht, solange Marianne krank ist, aber sobald es ihr wieder besser geht, nicht wahr, Onkel Heinz, dann? dann thust du es?"

„Nein!"

„Bitte, bitte, sage ja."

„Nein, nein, nein!" widersprach er heftig.

„Onkel Heinz!"

Wer hätte wohl diesem Blick der schönen dunklen Augen widerstehen können! Der Professor konnte es wenigstens nicht, trotzdem er sich unwirsch abwandte.

„Lieber Onkel Heinz!“

Er antwortete nicht.

„Lieber, guter, einziger Onkel Heinz, sage doch ja!“ Und sie quälte solange, ihn dabei streichelnd und liebkosend, bis er schließlich nachgab – er konnte der Kröte nun einmal nichts abschlagen.“

„Meinetwegen denn ja! Quälgeist du!“ rief er laut.

Sie jubelte auf, als sie ihn endlich besiegt hatte und trotzdem er sich sträubte, heimste er doch den Kuß – den versprochenen Lohn – gern ein.

Die nächste Zeit verlief für Gontraus still und traurig. Marianne lag krank darnieder, ihre junge gebeugte Seele wollte sich gar nicht wieder erheben, geistig und körperlich schien sie gebrochen zu sein. Nur der unermüdlichen Pflege, der zarten Sorgfalt von Ilse gelang es, sie nach und nach wieder aufzurichten, und wenn Nellie oft innerlich gedacht hatte, daß die Freundin keine rechte Pflegerin sein könne, weil ihre Ansichten über diesen Punkt so weit auseinander gingen, so überzeugte sie sich jetzt von dem Gegenteil, als sie sah, mit welcher Aufopferung Ilse Tag und Nacht am Krankenlager ausharrte. Und auch Ruth erkannte man kaum wieder, wie sie sich jetzt ebenso sanft und liebevoll gegen die Schwester zeigte, als sie früher manchmal herrschsüchtig und aufbrausend gegen sie sein konnte. Der Professor aber erwies sich in der schweren Zeit wieder als treuer, zuverlässiger Freund. Er kam täglich, widersprach natürlich bei allem, was der Arzt verordnete, wußte alles besser, tröstete aber Ilse, wenn sie niedergedrückt und mutlos war, und sprach mit der Kranken in seiner alten gewohnten Weise, sodaß es ihm einzig und allein manchmal gelang, sogar ein Lächeln auf das blasse, ernste Gesicht zu zaubern.

Herr Jansen war bald nach dem Balle abgereist. Wie Onkel Heinz Ilse und Leo erzählte, hatte er kürzlich von ihm einen Brief aus Amerika erhalten, wo er sich einige Zeit aufhalten und von wo er dann wieder nach

Indien zurückkehren wollte. Sein Name wurde sonst bei Gontraus nicht genannt, weil derselbe bei Ruth ein peinliches und bei Marianne ein schmerzliches Gefühl hervorgerufen haben würde.

Als letztere einigermaßen wieder hergestellt war, mußte Onkel Heinz sein Versprechen, das ja durch den Kuß von Ruth besiegelt worden war, einlösen. Im Verein mit dieser gelang es ihm, ihre Eltern zu bestimmen, daß sie ihre Stimme prüfen ließen, und da dieselbe bei der Prüfung für sehr bedeutend erklärt wurde, sollte sie eine künstlerische Ausbildung erhalten. Mit Fleiß und Liebe, und ganz durchdrungen von der Schwere und dem Ernst des Künstlerberufs begann Ruth ihr Studium.

Währenddem erholte sich Marianne langsam. Körperlich war sie ganz hergestellt, und auch ihr Geist fing wieder an, leise seine Schwingen zu entfalten, allmählich, ganz allmählich gesundete er. Den zarten Blütenhauch aber der ersten, unberührten Jugend hatte diese getäuschte Hoffnung mit fortgenommen, der kindlich unbefangene Ausdruck in ihren Augen war gewichen, und ihr helles, glückliches Lachen ertönte nicht mehr so oft wie früher. Ganz tief im innersten Herzen trug sie noch immer das Bild des geliebten Mannes, in einsamen Stunden weinte sie noch manchmal, aber das Leben machte doch seine Rechte wieder geltend, und sie war glücklicherweise in dem Alter, wo sie noch vergessen konnte. Das Frühjahr verlebte sie bei ihren Freundinnen, den Zwillingen, auf dem Lande, den Sommer bei den Großeltern in Moosdorf, im Herbst aber machte sie mit den Eltern, Ruth und Onkel Heinz eine herrliche Reise nach Italien bis nach Sizilien hinunter. Der Professor war ein vortrefflicher Cicerone, er kannte den Süden durch seine vielen Reisen auf das genaueste und beherrschte vollkommen die italienische Sprache, konnte deshalb auch den Freunden manchen Vorteil verschaffen. Na, und wenn er mit den beiden Kröten am Arm zuweilen auf eigene Faust losging, um ihnen die Kunstwerke der alten Meister zu zeigen – er war ein geschworener Feind der modernen Malerei, über die er mit Ilse viel und oftmals stritt – und den beiden hübschen Mädchen bewundernde Blicke nachflogen, dann zeigte sich auf seinem Gesicht ein freudiges Schmunzeln, und er erzählte es später Ilse voller Stolz.

Erst spät im Herbst, der im Norden schon mit grauen trüben Tagen eingezogen war und die Bäume entlaubt hatte, kehrten sie heim, reich an schönen Eindrücken und Erlebnissen. Mit noch größerer Begeisterungsfähigkeit nahm Ruth ihr Studium wieder auf, Marianne aber hatte frische Kräfte gesammelt und neuen Mut mitgebracht, so daß ihr die Zukunft nicht mehr als eine trostlose Oede erschien, wie es noch vor kurzer Zeit der Fall gewesen war; sie konnte jetzt ohne Schmerz an Herrn Jansen denken, wie an einen fernen lieben Freund.

So verging der Winter und der Sommer und noch ein Winter und Sommer, bis es wiederum Herbst war. – Ein lachender, trügerischer Herbst, der es ganz vergessen ließ, daß er der Vorbote des Winters war, denn in seinem warmen Sonnenscheine wurde das Herz von Frühlingsgedanken erfaßt und die Menschen strömten hinaus in die strahlende Natur wie an einem ersten schönen Frühlingstage nach dem langen, langen Winter.

An einem dieser sonnendurchfluteten Herbsttage machte Onkel Heinz mit seiner Freundin Ilse einen Spaziergang hinaus in das Freie, in den bunten Wald. Die klare Luft war von weißen Fäden durchzogen, und die gelben, roten und braunen Blätter wölbten sich zum farbenprächtigen Zelte über ihnen; noch raschelte unter ihren Tritten kein welkes Laub, nur dann und wann flatterte, durch einen leisen Luftzug ab gepflückt, ein Blatt lustig und leicht vor ihre Füße. Heiter, strahlend und hoffnungsfreudig lag Wald und Flur vor ihren Blicken ausgebreitet, als begänne erst jetzt die Zeit des Wachsens und Werdens, aber diese Hoffnung war doch nur Täuschung. Lose geschlungen war das Band, welches die Natur noch mit dem Leben verknüpfte, locker hingen alle die buntgemalten Blätter an den Zweigen, und nur unter dem warmen Kuß der Sonne, umgeben von der milden, sanften Luft, wagten sich im Garten die Rosenspätlinge aus ihrer schützenden Knospenhülle hervor. Schein war alles! Und diese blendende Herrlichkeit würde mit einem Schlage vorbei sein, wenn das allmächtige Himmelslicht droben hinter Wolken verschwand und der Herbstwind brausend darüber hinfuhr und daran rüttelte – dann begann mit einem Schlage das große gewaltige Sterben.

Unverschleiert war die Ferne, die sich in scharfen, bestimmten Linien abhob, und gedankenvoll schweiften Ilses Augen in die durchsichtige Weite. Aber ihr fehlte heute das rechte Interesse für den herzerquickenden Herbsttag, ihr Gesicht sah erregt aus, als beschäftige sie etwas lebhaft.

„Wenn nur alles gut geht," sagte sie seufzend zu dem Professor.

Er lächelte mit überlegener Miene und entgegnete: „Ich habe gar keine Angst, die Kröte hat ja tüchtig gelernt, die kann ja was."

„Was gehört aber auch heutzutage dazu, um etwas zu erreichen! Mit Begabung und Fleiß allein kann das nicht geschehen, das Glück muß auch mit helfen. Nun, was in meinen Kräften steht, habe ich gethan, um Ruth immer und immer wieder davon zu überzeugen, mit wieviel Kämpfen und Schwierigkeiten der Beruf einer Künstlerin erkauft werden muß. Ich habe sie stets ermahnt, sich viel mehr auf Enttäuschungen gefaßt zu machen, als auf Erfolge, denn guten Mut hat sie selbst genug. Na, und Onkel Heinz, für eine tüchtige Ausbildung haben wir doch auch gesorgt; im Winter aber muß sie noch einige Zeit in Paris Unterricht nehmen, um ihrer Stimme sozusagen den letzten Schliff zu geben. Ach ja, bevor eine Sängerin fertig ist, dauert es lange."

„Frau Gontrau, Ruth hat Talent, die bringt es zu etwas Tüchtigem, das weiß ich," versicherte Onkel Heinz mit wichtiger Miene, als könne daran nicht mehr gezweifelt werden, wenn er es einmal gesagt habe.

„Wäre das Konzert nur erst glücklich vorüber," meinte Ilse und holte tief Atem.

„Wenn ich Ihnen sage, daß Sie keine Angst zu haben brauchen, so haben Sie es auch nicht nötig, liebe Frau Gontrau," sagte Onkel Heinz und legte einen Augenblick seine Hand auf ihren Arm.

Sie fühlte, daß er sie auf seine Art beruhigen wollte, und sah ihn dankbar an. Er war doch ein treuer, ehrlicher Freund! Und je älter sie wurde, destomehr befestigte sich in ihr die Ueberzeugung, daß wahre, aufrichtige Freundschaft ein köstliches, seltenes Gut ist, das man hüten muß wie einen großen Schatz. Sie hatte in ihrem Leben viel Liebe und Freundschaft erfahren und ihren Freunden viel zu verdanken. Leo hatte sie die wahre Liebe des Weibes gelehrt; durch das sanfte Beispiel ihrer einzigen Nellie lernte sie Selbstbeherrschung und Nachgiebigkeit. Onkel Heinz endlich hatte durch seine unumwundene Offenheit sie zwar häufig gereizt und ihren Widerspruch hervorgerufen, zugleich aber bewirkt, daß sie oft genug in sich ging, über sich nachdachte, fortwährend selbsterzieherisch thätig war und sich immer mehr daran gewöhnte, auf die Eigenheiten andrer Rücksicht zu nehmen; sie brauchte ja nur daran zu denken, wieviel Nachsicht man einst mit ihr hatte haben müssen, als sie noch das ungebändigte Menschenkind, der Trotzkopf, war. Alles dies ging Ilse jetzt durch den Sinn und noch viel mehr. Der Professor aber, der sie so nachdenklich an seiner Seite schreiten sah, glaubte, daß sie sich noch immer damit beschäftige, wie wohl das Konzert ausfallen würde, in welchem Ruth heute abend zum ersten Male öffentlich in der Kirche singen sollte. Und deshalb beschloß er, ein neues Gespräch anzufangen, um sie auf andre Gedanken zu bringen. Seine Bartspitze drehend, grübelte er darüber nach, auf welche Weise dies am besten geschehe, beim Diplomatie war nicht seine starke Seite.

„Na, sagen Sie mal, Frau Gontrau," fing er dann plötzlich an, „bei Superintendents ist man wohl überglücklich, daß der Ausreißer wieder da ist? Ist übrigens ein famoser Kerl geworden, der Fritz; er war gestern bei mir."

„Ja," entgegnete Ilse so recht aus tiefstem Herzensgründe, „Gott sei Dank, daß er wieder da ist! Und wie hat er sich durchgearbeitet, von der Pike auf gedient, und was ist aus ihm geworden! Ich habe übrigens nie daran gezweifelt, daß ein tüchtiger Kern in ihm stecke."

„Ja, ja, die selfmade men, das sind die besten," warf Onkel Heinz ein.

„Er hat Ihnen wohl erzählt, was er alles erlebt hat, nicht wahr?" fragte Ilse.

„Ja wohl, alles ganz ausführlich, und es hat mich sehr interessiert. Der Junge hat übrigens viel Glück gehabt, denn da drüben giebt's nur zweierlei, entweder man wird was Rechtes, oder man geht zu Grunde. Daß die amerikanische Familie sich bei der Ueberfahrt auf der Germania, auf welcher sich Fritz als Schiffsjunge verdungen hatte, gleich für ihn so lebhaft interessierte, ist doch ein seltner Zufall zu nennen. Na, ja, aber die Amerikaner sind darin andre Leute, die kleben nicht an Vorurteilen, die denken freier als wir; ich bin ja lange drüben gewesen und kenne die Verhältnisse genau. Daß der Bengel ausgekniffen war, genierte die Leute eben gar nicht, als praktischer Geschäftsmann erkannte Mister Smith sofort, als er ihn sah, daß er den aufgeweckten jungen Deutschen in seinem Geschäft gebrauchen könne, na, und da war die Sache bald ab gemacht."

„Aber ein Tollkopf scheint der Fritz doch zu sein," warf Ilse ein. „Er hatte es so gut bei den Leuten, die Frau sorgte für ihn wie eine Mutter, und bloß, weil ihn die andern im Geschäfte wegen seiner Aussprache des Englischen hänselten, ging er fort, – das hätte er nicht thun sollen."

„Das mußte er wohl thun, das war ganz verständig von ihm," widersprach Onkel Heinz, „so wird das da drüben gemacht, da kennt man keine Sentimentalitäten. Er handelte ganz richtig, daß er mehr nach dem Westen ging, wo man noch leichter zu etwas kommen kann. Du lieber Gott, schlechte Zeiten muß der selfmade man auch mit in den Kauf nehmen, das gehört dazu. Er ist ja nicht einmal bis zum Stiefelputzer gesunken, und unter diesen findet man oft sehr aristokratische Namen, Grafen und Barone."

„Er muß jetzt als Prokurist in dem großen Bankhause in San Francisco eine brillante Stellung haben. Rosi erzählte mir strahlend davon," meinte Ilse.

„Natürlich, jetzt ist er der gemachte Mann! Jedenfalls ist er ganz anders geworden, als wenn er in dem Pastorenhause weiter herangewachsen wäre, unter den spießbürgerlichen Ansichten seiner Mutter," gab Onkel Heinz zu Antwort.

„Aber daß er seinen Eltern nicht einmal Nachricht gab alle die Jahre hindurch," wandte Ilse vorwurfsvoll ein.

„Da hatte er ganz recht," unterbrach sie der Professor von neuem; „er wollte erst was ordentliches werden. Und für Ihre Freundin Rosi war diese Sorge sehr heilsam, sie hat ja den Jungen ganz verrückt erzogen, der hätte ganz anders behandelt werden müssen."

„Sie ist hart genug bestraft worden und hat schwer dafür büßen müssen; für die ganze Familie waren es schreckliche Jahre," erwiderte Ilse.

„Ja, ja, das ist wahr, der Mann hat mir auch sehr leid gethan; ich mag ihn gern leiden, nur müßte er eine andre Frau haben, denn er ist schwach – wie überhaupt alle verheirateten Männer. Gott sei Dank, daß mich der Himmel vor einer Frau bewahrt hat," neckte Onkel Heinz seine alte Freundin mit einem pfiffigen Seitenblick auf sie.

„Oho, Fuchs! Die Trauben sind sauer, nicht wahr, Onkel Heinz?" rief Ilse lachend.

Er erwiderte nichts, aber der sarkastische Zug um seinen Mund bewies, wie er darüber dachte.

„Sind Sie denn nun ruhiger?" fragte er nach einer kleinen Pause, während sie den Heimweg antraten, und als Ilse nickte, fuhr er fort: „Na, sehen Sie wohl, wie gut es war, daß ich Sie abholte, ich weiß doch auch ganz genau, was für Sie das Richtige ist. Ein Spaziergang in der frischen Herbstluft ist für erregte Gemüter jedenfalls viel besser als Ihr altes Zuckerwasser, das Sie vorhin zu Hause einnehmen wollten und woran ich Sie, Gott sei Dank, noch verhindern konnte."

„Aber das war doch kein Zuckerwasser," berichtigte sie lachend, „das war ja Bromkali –"

„Weiß schon, weiß schon," unterbrach er sie schnell. „Ich kenne das Zeugs alles ganz genau, es hilft auch nicht mehr wie Brauselimonade oder Zuckerwasser. Verschonen Sie nur Ruth mit dergleichen Geschichten, das kann ihr eher schaden als nützen."

„O, die ist lange nicht so aufgeregt als ich," sagte Ilse; „bei ihr ist es nur die Freude, welche sie unruhig macht. Gehen Sie mit herein?" fragte sie dann den Professor, denn sie waren in diesem Augenblick an ihrem Hause angelangt. Er gab zur Antwort, daß er lieber heim gehen und sie dann später in der Kirche treffen wolle, seine Kröte könne er ja jetzt doch nicht sprechen, die müsse Ruhe haben.

Onkel Heinz ging aber nicht nach Hause, denn als er die Uhr herauszog, bemerkte er, daß bis zum Anfange des Konzerts nur noch wenig Zeit übrig war, und er überlegte sich deshalb, daß es sich gar nicht lohnen würde, vorher noch seine Wohnung aufzusuchen. Und da fiel ihm dann auch ein, daß es wohl besser wäre, wenn er noch mal bei dem Blumenladen vorginge, wo er für Ruth den Blumenkorb bestellt hatte, und nachfrüge, ob alles in Ordnung sei. Die Verkäuferin hatte sich schon am Morgen über den „wunderlichen alten Herrn" amüsiert, der in umständlichster Weise seine Bestellung gemacht und ganz genau angegeben hatte, in welcher Art die Blumen geordnet werden sollten. Alle Vorschläge, die sie machte, wurden von ihm verworfen und geschmacklos gefunden; er suchte selbst die Blumen aus und gab an, so und so sollte die Farbenzusammenstellung sein und nicht ein Tüpfelchen anders. Am Mittag war er wieder gekommen, hatte sich den fertigen Korb angesehen, und ein Etui hineingesteckt, das eine kleine Broche ganz aus Türkisen und Brillanten enthielt, welche er seiner Kröte zum heutigen wichtigen Tage schenken wollte. Aber trotzdem das Blumenarrangement ganz genau nach seiner Angabe gemacht worden war, hatte er doch daran zu mäkeln und zog hier noch eine Blüte, dort noch ein Blatt heraus, die nach seiner Meinung in die Farbenharmonie nicht paßten. Wer wohl diese Gabe, die dem alten Herrn soviel Kopfzerbrechen machte, bekam? Das hätte das junge Mädchen in dem Laden gar zu gern gewußt, denn eine Frau besaß er nicht, das hatte ihr kundiger Blick gleich erkannt, na, und für einen Bräutigam war er doch zu alt. Als der Professor jetzt wieder erschien – zum dritten Male an diesem Tage – da mußte sie unwillkürlich lachen; sie gab ihm aber auf seine bis ins kleinste gehenden Fragen, ob die Bestellung auch richtig und pünktlich besorgt sei, geduldig Antwort. In ihrem Innern meinte sie jedoch, daß so komisch, wie dieser Herr, ihr noch selten jemand vorgekommen wäre, trotzdem sie mit allen möglichen Menschen verkehren mußte.

Nachdem der Professor den Laden verlassen hatte, schlug er langsamen Schrittes die Straße ein, die nach der Magdalenenkirche, in welcher das Konzert stattfinden sollte, führte, indem er hier und da noch stehen blieb und sich die Schaufenster ansah. Er hatte ja keine rechte Ruhe, das erste Auftreten seines Patenkindes ging ihm sehr im Kopfe herum, denn es war doch keine Kleinigkeit und wichtig für ihr ganzes Leben. Als er den hohen gotischen Bau erreicht hatte, sah er die bunten Glasfenster schon erleuchtet, und über die breite Treppe, die nach dem Eingang führte, schritten viele Leute hinauf; er blickte ihnen nach, bis sie durch die große Thür verschwunden waren, ging dann noch ein Weilchen auf und ab und trat endlich gleichfalls durch das weit geöffnete Portal. Der mächtige Raum war mit Menschen bereits dicht gefüllt. Die flackernden Lichter warfen einen matten Schein auf die unruhige Menge und streiften mit ihren Strahlen die grauen Pfeiler und Säulen und die dunkle Holzvertäfelung der Kirchenstühle. Onkel Heinz hatte beim Eintreten seinen Hut abgenommen und betrachtete sich mit Wohlgefallen das malerische Bild des Ganzen, worauf seine Augen suchend umherblickten. Unten im Schiff sah er Gontraus sitzen, Althoffs mit Aennchen, Flora mit den kräftigen Zwillingen, Rosi nebst Familie – und wer saß da neben Marianne? Ein junger, blonder Mann, bartlos, mit energisch geschnittenem Gesicht und kecken, blauen Augen. Wir erkennen ihn wieder – es war Fritz. Lebhaft sprach er mit Marianne, seiner Jugendgespielin, und bewundernd hingen seine Blicke oft an der reizenden Mädchengestalt neben ihm, während auch sie ihn manchmal verstohlen von der Seite anblickte – er gefiel ihr gut mit seinem frischen, offenen Wesen. Der Professor fand, daß Ilse heute einen Schein blasser aussah, als er sich jetzt an ihrer Seite niederließ, trotzdem sie ihre Aufregung zu verbergen suchte. Auch Leo war still und in sich gekehrt, und auf die Scherze, mit denen Onkel Heinz den Freunden etwas über ihre Stimmung hinweg zu helfen hoffte, gingen sie nicht ein. Oben auf dem Chore sah man die Köpfe der Mitwirkenden wie Silhouetten sich eifrig hin und her bewegen, während die Instrumente gestimmt wurden. Der Professor blickte, so lange nur die Orgel und das Orchester spielten, ohne besonderes Interesse vor sich hin. Das herrliche Werk: die

Schöpfung von Haydn, wußte er nicht zu würdigen, denn er war gänzlich unmusikalisch, und nur Gesang konnte ihn erfreuen. Aufmerksamer hörte er schon zu, als die Chöre gesungen wurden; sobald aber Ruth da oben erschien, fing er an, seine Bartspitze zu drehen, und während er gespannt hinhorchte, waren seine Augen unverwandt auf sie gerichtet. Im Anfang verriet ein leises Beben der Stimme die Befangenheit der jungen Sängerin, zaghaft und scheu glitten die Töne über ihre Lippen; aber nur eine kurze Zeit, dann wurden sie in reinen, mächtigen Schwingungen durch den Raum getragen und fanden in den Herzen der Zuhörer einen lebhaften Wiederhall. Und als sie geendet hatte, ging ein Murmeln durch die Reihen; fast einstimmig war das Lob über die herrliche Stimme, deren jugendlicher Schmelz, Kraft und Weichheit besonders hervorgehoben wurde. Nur der heilige Ort verhinderte, daß sich die Hände zu begeistertem Beifall rührten. Leo hielt Ilses Hand in der seinen, Onkel Heinz aber blickte sie voll triumphierender Freude an und flüsterte ihr zu: „Sehen Sie wohl, daß Sie keine Angst zu haben brauchten, hatte ich nun nicht recht?“ Sie lächelte wie verklärt, sagte aber nichts, denn in diesem Augenblick trat Ruth wieder hervor und sang die schöne Arie: ›Nun beut die Flur‹ Andächtig lauschte die Menge, nur das leise Rascheln der Programme oder ein kurzes, unterdrücktes Hüsteln unterbrach manchmal die fast lautlose Stille. Freudestrahlend saß jetzt Ilse da. Ihre Angst schwand mit jeder Minute mehr, und an deren Stelle trat die frohe Zuversicht, daß ihr Kind etwas Bedeutendes leisten könne und würde. Aber trotzdem vergaß sie nicht, scharf aufzupassen, wie sie sich fest vorgenommen hatte. Nur keine Halbheit, immer nach dem Vollkommensten streben, niemals zufrieden mit sich sein, das war es, was sie Ruth immer und immer wieder vorhielt und einprägte. Als das Konzert sein Ende erreicht hatte, entstand eine förmliche Aufregung im Publikum, und der Andrang zu Gontraus war groß: Freunde, Bekannte, selbst Fremde traten heran, um zu dem ersten großen Erfolge ihrer Tochter zu gratulieren. Der Professor war dem Gewühl entflohen und hatte sich in eine Ecke geflüchtet, um da zu warten, bis sich die Menge verlaufen hätte, welche die Treppe von den Emporen herunterkam. Neugierig spähte er, ob er nicht Ruths Köpfchen dazwischen entdecken könne, aber lauter fremde Gesichter gingen an ihm vorbei. Nach und nach hörte das Gedränge etwas auf, er kroch aus seiner Ecke hervor und wagte sich nun nahe an die Treppe heran, um sie besser übersehen zu können und Ruth ja nicht zu verfehlen. Jetzt kamen die Mitwirkenden, unter ihnen die sehnsüchtig Erwartete, mit erhitzten Wangen und glänzenden Augen. Leichtfüßig hüpfte sie herunter, und als sie Onkel Heinz gewahr wurde, sprang sie behende die letzten Stufen herab und gerade in seine Arme. Sie jubelte, lachte und weinte in einem Atem, und er klopfte und streichelte sie fortwährend; sprechen konnte er nicht viel, nur die Worte: „Alte, gute Kröte,“ wiederholte er immer wieder, und eine rührende väterliche Liebe klang aus ihnen hervor. Innig hielt der grauköpfige Hagestolz das junge, blühende Mädchen umschlossen. Aber dann machte sie sich los und eilte zu den Eltern. In den Augen Ilses schimmerte es feucht, voll stolzer Freude hielt sie das geliebte Kind lange in den Armen. Auch Leo küßte sie und Marianne, Nellie, Flora, die Zwillinge, alle die guten Freunde, sie bildeten einen Kreis um die Debütantin, jeder wollte sie zuerst beglückwünschen, ihr zuerst die Hand drücken. Nellie war ganz gerührt, und Flora erinnerte daran, daß sie es gewesen war, welche ihr einst eine große Zukunft prophezeit hatte, darauf war sie sehr stolz. Auch Rosi und ihr Mann sagten der jungen Künstlerin viel lobende Worte. Die letzten Jahre waren an der Pastorin nicht wirkungslos vorübergegangen; Kummer und Sorgen hatten ihre Spuren in ihrem Gesichte zurückgelassen, und der glatte, blonde Scheitel war grau geworden. Aber als sie jetzt Fritz ansah, der neben Marianne stand, da leuchtete es in ihren Augen doch freudig auf, und unwillkürlich ergriff sie seine Hand.

„O, was ein schönes Paar, sieh nur Frau,“ sagte Nellie zu ihrem Manne, als die beiden blonden Gestalten so nebeneinander standen. Direktor Althoff war aber von seiner Pflegetochter ganz in Anspruch genommen, die er am Arme hatte und mit der er sich munter herumneckte. Er sah frisch und gesund aus, ebenso wie auch Nellie; der wehmütige Zug, der ihr in früheren Jahren leicht einen leidenden Ausdruck gegeben hatte, war ganz geschwunden. Wie hatte sich das Leben für die beiden Ehegatten doch anders gestaltet, seitdem das junge Wesen ihr Haus erhellte! Ilse und

Leo wanderten den langen Gang, der in der Mitte durch das Schiff der Kirche lief, auf und ab, er hatte seinen Arm um ihre Taille gelegt, und sie sprachen eifrig miteinander. Was sich die beiden alles zu sagen hatten, wissen wir nicht, aber viel Liebes und Schönes mußte es wohl sein, denn sie sahen froh und glücklich aus. Während diese Stimmungen noch die Gemüter in der verschiedensten Weise beherrschten, hörte man plötzlich das absichtlich laute und auffällige Klappern eines Schlüsselbundes, und mit harten Schritten ging der Kastellan über die Steinfliesen, um die Lichter auszudrehen, und gab damit zu verstehen, daß es jetzt an der Zeit sei, heimzugehen.

Der Abend war mild und warm, als Gontraus mit den Freunden aus der Kirche ins Freie traten. Und das Leben und Treiben auf den Straßen war wie an einem schönen Sommerabend, niemand schien im Hause bleiben zu wollen. Plaudernd und lachend schritt das junge Volk voran, in ihrer Mitte Ruth, die Gefeierte; bedächtig gingen die Alten hinterher.

„Ja, ja, aus Kindern werden Leute," sagte Ilse zu dem Professor, indem sie auf die Jugend vor ihnen zeigte, und wehmütig fügte sie hinzu mit einem Blick auf Ruth und Marianne: „Wie lange wird's dauern, und eines Tages fliegen beide aus dem Neste."

„Ueber so etwas muß man eben nicht sentimental denken," erwiderte Onkel Heinz, aber in seinem Innern hatte doch auch er ein sehr unangenehmes Gefühl, wenn er daran dachte, seine beiden Kröten einmal hergeben zu müssen.

„Onkel Heinz, was fangen wir denn an, wenn wir mal allein sein werden?" fragte Ilse den alten Freund, schmerzlich bewegt von diesen Gedanken.

„Ja, was fangen wir an?" wiederholte er und sah sie forschend an. Auf einmal flog ein spöttisches Lächeln über sein Gesicht, und er sagte: „Dann schreiben Sie doch Ihre Memoiren nieder, Frau Gontrau."

Es war natürlich nur ein Scherz, womit er sie und sich über die Stimmung hinwegbringen wollte, die etwas rührselig zu werden drohte, und das liebte er nicht. Ilse ging aber wider sein Erwarten ganz ernsthaft auf seinen Vorschlag ein.

„Spotten Sie nur nicht, Onkel Heinz," rief sie, „vielleicht thue ich das wirklich noch mal. Ja, ja, sehen Sie mich nur nicht so erstaunt an. Sie haben mich da auf einen guten Gedanken gebracht. Und Sie kommen auch mit vor in meiner Lebensgeschichte, Sie sollen sogar eine Hauptrolle darin spielen, Onkel Heinz."

„Na, das wird was Schönes werden," gab der Professor zur Antwort, „eine schreibende Frau? Brr!"

„Onkel Heinz, das sagen Sie nicht. Denken Sie doch, wie interessant es für Sie sein wird, wenn Sie bei dieser Gelegenheit erfahren, wie ich einst war – eigensinnig, unbeugsam, wild und unbändig, ein rechter böser Trotzkopf. Und was ich dann alles leiden und ertragen mußte, und wie ich geheilt wurde durch alle meine Lieben und Freunde, durch Leo, durch Nellie und auch durch Sie, Onkel Heinz."

„Durch mich?" fragte er, sie ungläubig ansehend.

„Ja, auch durch Sie, Onkel Heinz, glauben Sie es mir nur," gab sie mit ernstem Gesicht zur Antwort, und der dankbare Blick, der ihn traf, bewies ihm, daß sie die volle Wahrheit gesprochen hatte.